KB046154

웹소설 작가를 위한 장르 가이드 5

팩션

웹소설 작가를 위한
장르 가이드 ⑤

Faction
팩션

정명섭 지음

북바이북

웹소설이라는 낯선 단어가 눈에 띄기 시작한 것은 2010년 이후였다. 웹툰이 먼저 있었다. 인터넷으로 볼 수 있는 만화인 웹툰이 점차 가시적인 성과를 보이면서 강풀과 조석 등 대형 스타 작가도 등장하고, 윤태호의 〈미생〉이 단행본 만화로 출판되어 200만 부를 넘어서고 드라마로도 성공을 거두었다. 인터넷에서 사람의 관심을 끌기 위해 시작된 웹툰이 대중문화의 중심으로 우뚝 선 것이다. 웹소설은 웹툰이 걸었던 길을 따라간다고 볼 수도 있다.

그러나 이미 인터넷 소설이 있었다. 1990년대, 인터넷이 활성화되기 이전 PC통신 게시판에 올린 소설이 인기를 끌었다. 이영도의 『드래곤 라자』와 이우혁의 『퇴마록』을 비롯해 유머 게시판에 올라온 『엽기적인 그녀』와 귀여니의 『늑대의 유혹』 등도 화제였다. 수많은 네티즌이 열광하며 읽었던 인터넷 소설은 책으로 출간되어 수십만, 수백만 부가 팔려나갔다. 『퇴마록』과 『늑대의 유혹』 등은 영화로 만들어졌고, 『엽기적인 그녀』는 한국만이 아니라 할리우드와 중국에서도 영화화되는 등 엄청난 인기를 끌었다. 인터넷 소설의 대중적 인기는 얼마 가지 못해 사그러들었지만, 마니아들은 여전히 남아 있었다.

독자는 언제나 재미있는 이야기를 갈구한다. 최근 조사에 따르면 출판시장에서 국내소설보다는 외국소설이 훨씬 많이 팔리고 있다. 국내소설을 고르는 기준이 작가인 것에 비해, 외국소설은 재미있는 이야기였다. 국내소설은 여전히 순문학이 주도하며, 문장력과 주제의식이 중요하다고 생각한다. 그래서 흥미롭고 즐거운 이야기를 찾는 독자들은 외국소설을 읽게 된다. 베르나르 베르베르, 무라카미 하루키, 히가시노 게이고…

인터넷 소설이 인기를 끌었던 것도, 당시의 젊은 층에게 어필할 수 있는 이야기와 정서를 가지고 있었기 때문이다. 한때 일본에서도 인터넷 소설, 일본판 웹소설이라 할 게타이(휴대폰) 소설이 한참 인기였다. 『연공』, 『붉은 실』 등이 대표적이다. 일본에서 게타이 소설이 젊은 층에게 인기를 끄는 이유는 이랬다. 장르의 애호가가 직접 소설을 쓴다, 연령대가 비슷하여 작가와 독자의 거리가 가깝다, 실시간으로 반응이 오가며 작품에 반영된다, 철저하게 엔터테인먼트 지향이다. 인터넷 소설이 인기 있었던 이유도 비슷했고, 지금 인터넷 소설의 적자라 할 웹소설도 마찬가지다. 과거에는 주로 컴퓨터로 보던 것이 모바일로 바뀌면서 웹소설이라고 이름만 바꾼 것이다.

지금은 '스낵 컬처snack culture'라는 말이 유행이고, 잠깐 즐겁게 소비할 수 있는 문화와 오락이 대세가 되고 있다. 그런 점에서 웹소설은 웹툰보다도 간단하고 용이하게 소비될 수 있는 장르다. 이야기도 필요하지만 그림이 필수적인 웹툰과 비교한다면 웹소설은 진입장벽이 더욱 낮다. 그래서 더 많은 작가가 뛰어들 수 있고 다양한 이야기가 빨리 많이 만들어질 수 있다.

이미 네이버웹소설을 비롯하여 조아라, 문피아, 북팔, 카카오페이지 등 주요 플랫폼에서는 엄청난 양의 웹소설이 올라오고 있다. 네이버웹소설이 공모전을 하면 장르별로 4, 5천 개의 작품이 들어온다. 그만큼의 예비 작가가 있는 것이다. 모 플랫폼의 경우 한 달에 천만 원 이상의 수익을 올리는 작가가 30명이 넘어간다고 한다. 네이버는 그보다 많을 것으로 추정된다. 기존 문단에서 창작으로만 이 정도의 수익을 올리는 작가는 열 손가락으로 꼽을 정도다.

과거의 인터넷 소설이 유명무실해진 것은, 작가가 수익을 올릴 수 있는 방법이 종이책밖에 없었기 때문이다. 인터넷 소설을 게시판에 올려도 수익이 없기에 안정적으로 창작을 할 수 없었다. 하지만 지금은 웹툰이 닦아놓은 기반 위에서 웹소설도 유료화 정책이 가능해졌다. 인기를 얻는 만큼 수익도 많아진다. 웹소설이 아직까지 대중적으로 유명해졌다고 말하기는 힘들지만 산업적으로 자리를 잡아가고 있는 것은 분명하다. 그리고 젊은 층을 중심으로 점점 인기가 높아지고 있다. 종이책으로 따지면, 대중적으로 인지도는 약하지만 라이트 노벨의 판매가 일반 소설에 못지않은 것과 비슷하다.

웹소설은 한창 성장 중이고, 여전히 작가가 필요하다. 하지만 뛰어난 작가의 수는 절대적으로 부족하다. 웹소설을 지속적으로 소비하는 마니아만이 아니라 일반 소설을 읽는 독자의 마음도 사로잡을 정도의 작품을 내는 작가는 많지 않다. 그렇기에 지금 웹소설 작가에 도전한다면 그만큼 성공의 기회도 많다고 할 수 있다.

형식으로만 본다면 웹소설은 대중적인 장르소설이라고 할 수 있다. 로맨스, 판타지, 무협, SF, 미스터리, 호러 등 장르적인 공식을 이용하여 만들어지는 다양한 이야기를 말한다. 소설과 영화에서 장르가 만들어진 것은 대중의 선택을 쉽게 하기 위해서였다. 각자 자신이 선호하는 장르를 찾아내면 지속적으로 즐기게 된다. 마찬가지로 일본의 라이트 노벨에도 모든 장르가 포함된다. 인기 있는 장르는 로맨틱 코미디, 어반 판타지urban fantasy, 스페이스 오페라space opera, 청춘 미스터리, 전기 호러 등이다. 서구의 할리퀸 소설이 판타지와 결합하고 팬픽이 더해지면서 확장된 영 어덜트young adult 역시 수많은 장르를 포괄한다.

그러니 웹소설을 쓰겠다고 생각한다면 일단 장르에 대해 고민해볼 필요가 있다. 내가 어떤 장르를 가장 좋아하는지, 어떤 장르를 가장 잘 쓸 수 있는지… 보통은 내가 좋아하는 장르를 쓰는 것이 제일 수월한 길이다. 내가 보고 싶은 작품을 내가 쓰는 것. 그러기 위해서는 내가 많이 읽어왔다고 해도, 장르에 대해 조금 더 자세하게 알 필요가 있다. 판타지라고 썼는데 독자가 보기에 전혀 다른 설정과 구성이라면, 작품의 완성도와 상관없이 욕을 먹는 경우도 생긴다. 한 장르의 마니아는 선호하는 유형이나 장르 공식이 있는 경우가 많기 때문이다.

'웹소설 작가를 위한 장르 가이드'는 웹소설 작가를 지망하는 사람들을 위해서 기획된 시리즈다. 시작은 KT&G 상상마당에서 진행된 웹소설 작가 지망생을 위한 강의였다. 이전에도 소설 창작 강의는 많이 있지만 의외로 장르에 대해 알려주는 과정은 거의 없었다. 대부분 소재를 찾는 방식, 문장력을 키우는 법, 주제의식 등에 대한 강의였다. 그러나 장르를 쓰기 위해서는 지식도 필요하고, 테크닉도 필요하다. 미스터리를 쓰려면, 일단 미스터리가 무엇인지 알아야 한다. 고전적인 미스터리는 무엇이고, 어떤 하위장르로 분화되었고, 지금은 어떤 장르가 인기를 얻고 있는지 등. 또 로맨스를 쓰려면 로맨스는 어떻게 시작되었고, 할리 퀸 로맨스란 대체 무엇인지 등을 기본적으로 알아야 한다. 자신의 일상을 담은 소설이나 장르에 구애받지 않고 대하소설을 쓰는 것도 얼마든지 가능하지만 하나의 장르에 기반하여 혹은 복합적인 장르를 활용하여 소설을 쓰고 싶다면 우선 장르에 대해 알아야 한다. 또한 오늘날에는 로맨스 장르만 하더라도 설정에 타임 슬립이나 판타지가 끼어드는 등 장르가 결합되는 경우도 점점 많아지고 있다.

웹소설은 대중적인 소설이고, 재미있는 소설이다. 재미있는 이야기를 만들어내고, 독자가 원하는 캐릭터가 마음껏 움직이는 소설이라고나 할까. 엔터테인먼트를 내세우는 소설이라면 가장 먼저 독자의 기호와 취향 그리고 만족이 앞서야 한다. 그 다음이 작품성이다. 주로 킬링 타임이지만 가끔은 지대한 감동을 주거나 깨달음을 주는 작품이 나오기도 한다. 그렇게 장르는 발전한다. 아직은 웹소설이 변방에 머물러 있지만 점점 더 중심으로 다가올 것이다. 그러기 위해서는 더 많은 작가와 작품만이 아니라 더 뛰어난 작가와 작품이 필요하다. 당신이 필요한 이유다.

김봉석

차례

1

___

팩션이란
무엇인가?

팩션faction은 사실이라는 뜻의 팩트fact와 허구 또는 소설을 뜻하는 픽션fiction을 합성한 용어다. 역사적 사실을 바탕으로 가상의 인물 또는 사건을 더해 만든 스토리텔링 기법으로, 최근 해외는 물론 국내 역사소설의 주류를 이루고 있다. 간단히 말하면 역사적 사실과 상상력이 결합된 작품이라고 할 수 있다.

영화 〈사도〉와 〈역린〉을 예로 들어 살펴보자. 2015년에 개봉한 〈사도〉는 뒤주에 갇혀 죽음을 당한 사도세자와 아들을 죽음으로 모는 영조의 비극적인 관계를 다루고 있다. 이 영화는 두 사람의 관계가 어떻게 비극으로 치닫는지를 담담하게 묘사하고 있으며, 가상의 인물이나 사건은 등장하지 않는다. 반면 2014년에 개봉한 〈역린〉은 '정조 암살'이라는 역사적 사건 속에 실제로는 존재하지 않는 암살자들을 등장시킨다. 〈사도〉를 기존의 역사소설로 본다면 〈역린〉은 가상과 현실을 적절하게 조합한 팩션이라 할 수 있다.

사실 팩션이라는 단어에는 모순이 숨어 있다. 결코 양립할 수 없으며 대척점에 서 있다고 할 수 있는 사실과 허구가 한 단어 안에 있기 때문이다. 그것은 세상의 모든 소설이 가지고 있는 사실성과 허구성을 함축적으로 표현하는 것으로도 볼 수 있지만, 유독 역사소설에서 그 부분이 부각된다.

팩션이 처음 등장한 시기는 정확하게 알려져 있지 않지만, 대략 1990년대 미국에서 출발했다고 보고 있다. 우리나라에서 팩션이란 용어가 처음 등장한 것은 『베니스의 개성상인』을 쓴 소설가 오세영이 1997년 6월 30일자 〈경향신문〉과의 인터뷰를 통해 『화랑서유기』라는 신작을 설명하면서부터였다. 신라의 화랑이 8세기에 실크로드를 횡단하며 겪은 모험담으로, "사실과 허구가 결합된 팩션이자 판타지가 가미된 무용담"이라고 덧붙였다.

이후 팩션이라는 용어가 본격적으로 알려진 것은 댄 브라운의 『다빈치 코드』(2003)가 등장하면서였다. 『다빈치 코드』의 흥행은 국내에 팩션이라는 새로운 형태의 역사소설을 소개하게 된 계기가 되었다. 『다빈치 코드』는 예수와 막달라 마리아가 결혼을 하고, 이후 프랑스로 도피한 마리아가 예수의 아들을 낳았다는 충격적인 내용으로 전 세계적으로 큰 인기를 끌었으며, 이런 인기에 힘입어 2006년에는 톰 행크스 주연의 영화로도 만들어졌다. 『다빈치 코드』는 기존의 역사소설에서는 볼 수 없는 거대한 담론과 종교적인 음모론을 주제로 했기 때문에 팩션의 대표작으로 꼽히는 데 부족함이 없다.

팩션은 어떤 문학적 함의를 가지고 있는 것이 아니라 출판사의 마케팅에 이용된 측면이 강하다는 주장도 있다. 하지만 『다빈치 코드』의 성공 이후 국내 작가들이 쓴 팩션들은 기존의 역사 소설들과 분명하게 구분되는 점들이 있다. 연쇄살인이나 음모론을 다루었으며, 탐정 같은 캐릭터가 등장해서 이야기를 진행해나갔다. 대표적인 작품으로는 한국의 댄 브라운으로 불리는 이정명의 『뿌리 깊은 나무』와 『바람의 화원』, 그리고 김탁환의 '백탑파 시리즈'를 들 수 있다.

그 밖에 장용민의 『불로의 인형』과 김상현의 『정약용 살인사건』이나 『이완용을 쏴라』, 김재희의 『훈민정음 암살 사건』이나 『경성 탐정 이상』 역시 역사적 사실을 바탕으로 창작된 팩션 소설이다.

역사소설에서 팩션으로

역사소설은 실제 존재했던 역사적 사실에 작가의 상상력을 보태서 창조해낸 소설의 한 장르이다. 영웅담이나 어떤 사건을 주제로 한 이야기는 문자가 탄생하기 이전부터 전설이나 구전의 형태로 존재했다. '길가메시 서사시'나 '단군설화'처럼 민족의 탄생을 설명하는 이야기는 물론, 성경도 일종의 역사소설로 볼 수 있다는 주장도 있다. 과거의 영웅담이나 전쟁과 같은 의미 있는 사건에서 재미와 교훈을 찾고자 하는 인간의 욕망에 의해, 구전되던 이야기가 책이라는 매체와 만나면서 역사소설로 자리 잡게 된 것이다.

따라서 역사소설은 장르를 구분하기 이전부터 존재했다고 봐야 한다. 서구에서는 19세기 접어들면서 본격적으로 역사소설이 등장했다. 인쇄술이 발달하면서 대량으로 책을 찍어낼 수 있었고, 산업혁명으로 인해 중산층이 대거 늘어나고, 동시에 책을 읽을 여유가 생긴 사람도 늘었기 때문이다. 오늘날 고전으로 읽히는 알렉상드르 뒤마의 『삼총사』와 『몬테크리스토 백작』, 『철가면』, 그리고 빅토르 위고의 『노트르담 드 파리』와 『레 미제라블』이 나온 시기도 이때였다. 톨스토이의 대하 역사소설 『전쟁과 평화』는 나폴레옹의 러시아 침공이라는 거대한 사건을 통해 개개인의 운명이 어떻게 변하는지를 실감나게 묘사하기도 했다.

우리나라의 경우 인쇄술은 서구보다 앞섰지만, 국가 주도로 인쇄가 이뤄졌기 때문에 소설이 출간되는 경우는 극히 드물었다. 이로 인해 책을 읽어주는 전기수들이 맹활약했는데, 이들은 『임경업전』이나 『삼국지』와 같은 역사소설을 대중에게 들려주며 생계를 유지했다. 몇몇 전기수는 오늘날의 연예인과 같은 인기와 명성을 누리기도 했다. 조선 후기로 접어들면서부터 민간에서 목판활자를 이용해 책을 찍어내는 방각본이 유행하게 된다. 이를 통해 『구운몽』 같은 소설들을 대량으로 인쇄해서 대중에게 판매하거나 대여해준 것이다.

일제강점기에는 신문과 책을 통해 역사소설의 시대로 접어들게 된다. 우리나라 최초의 역사소설로 꼽히는 월탄 박종화의 『목메이는 여자』(1932)가 출간된 것도 이 시기다. 그러나 이는 개화기 이후 도입된 서양의 소설을 기준으로 한 '최초'일 뿐, 우리나라는 이전부터 다양한 역사소설들과 함께했다.

본격적인 역사소설의 시대는 1930년대에 열렸다. 3·1운동 이후 문화정치의 일환으로 조선인이 발행하는 신문과 잡지가 늘어났으며, 도시화가 진행되고 독자들이 늘어나면서 역사소설이 잇달아 발표되었다. 대표적인 작품으로는 춘원 이광수가 1931년부터 이듬해인 1932년까지 〈동아일보〉에 연재한 『이순신』과 박종화가 1936년 〈매일신보〉에 연재한 『금삼의 피』가 대표적이다. 그 밖에 수양대군이나 원효대사, 마의태자, 단종, 이차돈과 같이 잘 알려진 인물들의 일대기를 주제로 한 역사소설들이 발표되었다. 아울러 책보다는 신문을 통해 장기 연재되면서 사람들의 시선을 끌었다는 점도 주목할 만한 특징이다.

이러한 인물 중심의 대하 역사소설은 민족주의 고취와 계몽주의라는 시대적 사명 속에서 태어났다. 당시 조선 민중이 겪고 있던 고난과 역경을 이겨내자는 의미에서 과거의 큰 전쟁이나 영웅들의 이야기를 가져온 것이다. 여기에 독자들을 계몽해야 한다는 작가들의 입김도 작용하면서, 영웅들은 무조건 착해야 한다는 강박관념 속에서 이야기가 상투적으로 전개되기도 했다.

민족주의와 계몽주의를 표방한 이러한 움직임과 대비되는 것이 벽초 홍명희가 쓴 『임꺽정』이다. 백성들의 사랑을 받은 의적 임꺽정을 주인공으로 내세워서 이광수와 박종화와는 다른 시선으로 역사를 담아낸 홍명희는 임꺽정을 통해 피지배층이 지배층의 탄압에 저항하고 도전하는 모습을 그려냈다.

영웅과 민중이라는 상반된 두 개의 시선은 역사소설을 지탱하는 중요한 축으로 자리 잡는다. 이런 역사소설의 흐름은 광복 이후까지 이어졌으며, 독재라는 정치적 상황과 맞물리면서 민중 쪽의 역사관에 좀 더 무게가 실린다. 박경리의 『토지』나 황석영의 『장길산』, 조정래의 『태백산맥』과 『아리랑』 같은 작품들이 대표적이다. 일제강점기나 한국전쟁과 같은 민족적 역경을 고난에 처한 주인공에게 투영한 것이다.

전통적인 역사소설에 변화가 온 것은 1990년대부터였다. 순문학과 대비되는 장르문학이 성장하면서 그 한 축에서 새로운 역사소설이 자라난 것이다. 이인화의 『영원한 제국』이나 오세영의 『베니스의 개성상인』 같은 작품은 역사를 극복이나 도전의 대상으로 보지 않고 하나의 이야기 소재로 삼았다. 『영원한 제국』은 정조 독살설이라는 음모론이 실제로 존재한다는 설정하에 이야기를 펼쳤고, 『베니스의 개성상인』은 조선시대와 현재에 각각 다른 주인공들이 등장해 이야기를 풀어가는 방식을 취했다. 진화와 변화 사이에 위치한 이런 움직임은 당시 서구에서 유행하던 팩션이라는 새로운 용어와 만나게 된다.

이후 오세영 작가가 팩션이라는 용어를 사용하긴 했지만 아직 대중적인 용어나 개념으로는 자리 잡지 못했다. 그런 상황에 극적인 변화가 온 것은 댄 브라운의 『다빈치 코드』가 2004년 국내에 번역 출간되면서부터였다. 『다빈치 코드』의 성공으로 새로운 형식의 역사소설이 대중들의 사랑을 받는다는 것을 확인한 출판사와 작가들은 발 빠르게 다양한 팩션 작품을 출간했다. 작가들 역시 새로운 형태의 역사소설이라고 할 수 있는 팩션들을 집필하면서, 몇 년간의 전성기를 맞이하게 된다.

팩션, 역사소설의 장르적 시도

역사소설과 팩션은 어떻게 다를까? 팩션의 역사가 오래되지 않았고 역사소설과의 명확한 구분점도 없지만, 이 둘의 결정적인 차이로 작가가 이야기 속에 얼마나 개입했는지를 들 수 있다. 앞서 언급한 이광수와 박종화, 홍명희는 각각 다른 시선으로 역사소설을 썼지만 실존 인물, 실제 존재한 사건을 주제로 했다. 따라서 작가의 창작이 가미될 여지가 상대적으로 적었다. 반면, 팩션은 작가가 창조해낸 등장인물이 가상의 사건을 해결해나가는 경우가 많다. 『다빈치 코드』도 기독교와 예수라는 역사적 키워드 속에 작가만의 이야기를 심어놓았다. 또한 미스터리 기법을 차용함으로서 기존의 역사소설과는 결이 다른 작품을 만들어냈다.

물론 기존의 역사소설도 이야기의 극적인 전개를 위해 가상 인물이나 존재하지 않았던 사건을 활용하기도 했다. 박종화의 『금삼의 피』는 연산군이 어머니 윤씨가 사약을 마시고 흘린 피의 흔적을 보고 분노하여 무오사화를 일으키는 것으로 이야기가 전개된다. 하지만 실제 역사를 살펴보면 연산군은 즉위 이전부터 어머니 윤씨의 죽음에 대해 알고 있었다.

그럼에도 불구하고 최근의 역사소설들이 팩션으로 따로 구분되는 이유는 무엇일까? 그것은 팩션이 기존의 역사소설보다 좀 더 과감하게 장르적 요소를 사용하기 때문이다.

이정명은 물론, 김재희, 김상현, 장용민 등의 작가들은 모두 작품 속에 연쇄살인이나 실종, 혹은 사라진 물건을 둘러싼 갈등과 암투를 표면에 드러낸다.

이것은 외국에서 시작된 팩션의 흐름을 따름과 동시에 일본과 미국의 미스터리 장르에 익숙해진 독자들의 눈높이를 맞추기 위한 작가와 출판사들의 시도라고 할 수 있다. 이런 시도는 현재까지 이어지고 있으며, 시대의 변화에 적응하기 위해 이런저런 변화를 주고 있다. 그렇기 때문에 역사소설과 팩션의 차이를 논하는 동시에 진화를 말할 수 있는 것이다.

역사소설이 봉착한 한계와 위기를 극복하는 대안으로서 팩션의 존재감은 더욱 두드러졌다. 외적으로 가장 눈에 띄는 변화는 장편 원고량의 감소다. 예전에는 원고지 1,000매는 넘어야만 장편으로 분류되었지만, 최근에는 700~800매 정도까지 줄어들었다. 스마트폰의 보급과 같은 요인으로 인해 독서 인구가 감소하면서 자연스럽게 책의 분량 역시 줄고 있는 것이다.

팩션이 국내에 본격적으로 등장한 시기는 전통적인 문학의 등단 시스템에 변화가 찾아온 시기와 거의 일치한다. 기존의 등단 과정은 문예창작과를 비롯한 관련 학과에서 문학 수업을 받은 후, 신춘문예에 당선되면서 문학 관련 월간지나 계간지에 중단편을 게재하는 것이 일반적이다. 하지만 그런 방식 외에 개인적으로 출판사에 원고를 투고하는 방식을 통해서 시작하는 경우도 있다. 주로 순수문학과 구분되는 장르문학에서 이런 방식을 통해 작가가 되는 사례가 많으며 필자 역시 이러한 과정을 거쳤다.

팩션을 통해 두각을 나타낸 대부분의 작가들은 기존의 등단 시스템을 거치지 않았다. 이정명 작가의 경우 국문학을 전공하고 중앙 일간지 기자 생활을 하면서 작품을 썼다. 장용민 작가는 서울대 미대 출신으로 영화 연출을 공부하다가 소설가가 되었다. 김상현 작가는 문예창작과를 졸업했지만 판타지와 무협 작가로 활동했다. 김재희 작가 역시 드라마 작가 출신이다. 이처럼 다양한 경력을 가진 작가들이 팩션에 뛰어들면서 다채로운 소재가 발굴되었고, 지금도 여러 변화에 발맞춰가고 있다.

이처럼 역사소설과 팩션이 구분되는 시기는 국내문학에서 유의미한 변화가 시작된 시기와 겹친다. 우연의 일치일 수도 있지만 팩션이라는 새로운 장르가 가지고 있는 에너지의 힘이 가져온 변화일 수도 있다. 외국에서 들어온 새로운 형식의 장르이다 보니 기존의 등단 방식을 거치지 않아도 됐다. 그러면서 다른 장르들과의 활발한 결합을 통해 팩션을 소화해냈다. 이런 자체적인 발전 과정을 거치면서 팩션은 하나의 장르로 자리 잡았고, 기존의 역사소설과는 명확하게 대비되는 차이점을 보였다.

또한 팩션은 여러 하위 장르로 나뉘지 않는다. 팩션 자체가 역사소설이라는 테마 안에 담겨 있기도 하거니와, 다른 소설의 기법을 차용하더라도 역사라는 원래 주제에 비해 두드러지지 않기 때문이다. 팩션은 역사를 토대로 다른 장르의 기법이나 방식을 도입해서 이야기를 풀어가는데, 가장 많이 차용되는 장르가 바로 추리이다.

추리는 다양한 하위 장르로 분류된다. 그중에서도 팩션에 가장 많이 사용되는 것은 스릴러와 미스터리다. 누군가를 쫓거나 쫓기면서 미션을 수행하는 스릴러는 시공간의 제약까지 더해져 독자들에게 긴박감을 선사한다. 이러한 스릴러의 특성으로 자칫 고리타분하다는 선입견을 줄 수 있는 팩션에 활기를 불어넣을 수 있는 것이다. 미스터리 역시 하나의 의문을 시작으로 주인공이 난관을 헤쳐나가며 범인을 잡고 사건을 해결하는 식으로 작품에 긴장감을 더한다. 이처럼 잘 차용한 스릴러나 미스터리 기법은 팩션의 필수 요소라고 할 수 있다.

『다빈치 코드』는 물론 국내 대표 팩션 작품인 『뿌리 깊은 나무』나 백탑파 시리즈는 모두 추리 기법을 차용하고 있다. 팩션 작가들 중 상당수가 추리소설을 썼다는 점만 보더라도 팩션과 추리의 관계가 매우 가깝다는 것을 알 수 있다. 간혹 역사 추리소설로 분류하는 경우도 있는데, 팩션을 쓰기 위해서는 이처럼 추리 기법 및 방식에 대해서 많은 지식과 정보를 가지고 있어야 한다는 것을 알 수 있다.

추리 기법 다음으로 많이 차용되는 것이 로맨스다. 남녀 간의 애정을 그린 로맨스는 장르 자체로도 인기가 있지만, 다른 장르에서도 많이 차용한다. 로맨스는 소설의 긴장감을 누그러뜨리는 역할을 해주는 데다가 이야기가 진행되는 데 중요한 단초를 제공한다. 남자 주인공이 사랑하는 여인의 복수를 위해 움직이거나, 혹은 악당에게 붙잡힌 여인을 구하러 가는 방식으로 말이다.

가상 역사소설과 대체 역사소설

국내에는 아직 생소하지만, 서구에서는 현재와는 다른 역사가 진행된다는 내용의 가상 역사소설 분야가 활성화되어 있다. 필립 K. 딕의 단편 「높은 성의 사나이」는 2차세계대전 당시 미국이 추축국에게 패한다는 가상의 역사를 다루고 있다. 『비잔티움의 첩자』라는 제목으로 국내에 소개된 해리 터틀도브의 역사소설 역시 비잔틴이 멸망하지 않고 계속 세력을 유지하고 있다는 설정으로 이야기를 풀어간다.

이러한 가상 역사소설은 사소한 변화나 움직임, 혹은 우연찮은 사건에 의해 우리가 알고 있는 것과는 다른 세계가 만들어진다는 이야기로 독자의 흥미를 충족시켜준다. 아울러 가상 역사소설은 실제 역사 속에서는 표현에 한계가 있었던 작가의 상상력을 마음껏 풀어낼 수 있다는 장점도 있다. 역사를 공부하다 보면 의외로 사소한 결정이 역사를 바꿨다는 사실을 알 수 있다. 가상 역사소설은 그 결정이 달랐다면 어땠을까라는 인류의 호기심을 소설로 풀어낸 것이라 할 수 있다.

2003년 두 권으로 나눠서 출간된 『만약에』라는 책은 그런 가상의 역사를 이야기한 모음집이다. 서구에서는 2차세계대전이나 남북전쟁 같이 역사의 전환점이 된 전쟁의 결과가 달라졌다는 전제로 이야기를 풀어내는 경우가 많다. 1066년 헤이스팅스 전투에서 노르망디 공 윌리엄이 이끄는 군대가 잉글랜드 국왕 헤럴드에게 패했다면 잉글랜드의 역사, 나아가서는 유럽의 역사가 어떻게 변할지를 상상해 보는 것이다. 실제로 732년에 벌어진 투르 푸아티에 전투에서 카를 마르텔이 이끌던 프랑크 군이 이베리아 반도에서 북상한 압두르 라하만의 이슬람 군대를 막아내지 못해서 유럽이 무슬림들의 땅이 되었을 것이라는 가상 역사소설도 존재한다.

상상력을 동원한다는 점에서 가상 역사소설은 팩션과 비슷하다고 할 수 있지만, 팩션은 역사적 사실에는 손을 대지 않는다는 점에서 가상 역사소설과 분명한 차이가 있다.

가상 역사소설은 서구에서 큰 인기를 끄는 장르로 완전히 자리 잡았다. 반면 국내에서는 현대에서 과거로 타임슬립을 통해 역사를 바꾸는 대체 역사소설이 많이 집필되었다. 개인적으로 대체 역사소설의 대표작으로 꼽는 윤민혁의 『한제국 건국사』는 해외 파병을 가던 도중 타임슬립을 통해 고종과 대원군이 있던 구한말로 가서 역사를 바꾼다는 설정이다. 『한제국 건국사』 이후 우후죽순처럼 대체 역사물이 쏟아져 나와 한때 큰 인기를 끌었지만, 천편일률적인 전개와 자기 복제로 인해 금방 시들해지고 말았다. 하지만 팩션처럼 엄연히 역사소설의 하나로 분류되고 있고, 해외에서도 큰 인기를 끌고 있기 때문에 언젠가는 다시 우리 독자들 곁에 다가설 수도 있다.

우리는 이미 탁월한 대체 역사영화 한 편을 보유하고 있다. 2009년 장동건과 나카무라 토오루가 주연으로 나온 〈2009 로스트 메모리즈〉는 안중근의 이토 히로부미 저격이 실패로 돌아가면서 벌어지는 이야기를 다루고 있다. 일본은 2차세계대전에 미국의 편에 서서 참전하게 되고, 결과적으로 한반도가 여전히 식민지로 남아 있게 된다는 설정이다. 영화 초반부의 장면과 뒤를 이은 총격전, 그리고 일본어 간판으로 가득한 서울의 모습은 비주얼적인 부분뿐만 아니라 상상력 측면에서도 많은 충격을 주었다. 우리가 기존에 알고 있던 역사를 상상력을 이용해서 비틀고, 그것을 영상으로 보여줬기 때문이다.

이 영화가 대체 역사물로 분류되는 것은 역사를 바꾸는 방식 때문이다. 이 영화에서는 현재에서 과거로 넘어간 사람들에 의해 역사가 바뀌었다는 내용이므로 타임슬립이자 '대체 역사영화'로 분류할 수 있다. 만약 타임슬립 없이 다른 계기로 인해 안중근의 저격 시도가 실패로 돌아갔다고 설정했다면 '가상 역사영화'가 되었을 것이다.

가상 역사소설이나 대체 역사소설은 기존 역사에 대한 '불만'을 창작을 통해 원하는 방식으로 바꿀 수 있다. 대체 역사와 가상 역사의 차이점은 역사가 바뀐 계기를 어디에서 찾느냐에 따라 달라지는데, 팩션과의 차이점도 바로 이 부분에서 생겨난다. 팩션 역시 음모론과 가상의 등장인물, 가상의 사건들이 나온다. 하지만 특정한 전개 방식을 거친다고 해도 원래의 역사를 변형시키지는 않는다. 그 점이 가상 역사소설과 대체 역사소설, 그리고 팩션을 구분하는 가장 중요한 요인이다.

팩션을 비롯한 소설의 가장 중요한 공식은 독자들을 만족시켜야 한다는 것이다. 하지만 팩션은 가상의 역사를 만든다든지, 실제 역사와는 완전히 다른 결말을 내는 식의 전개를 해서는 안 된다. 그렇게 되면 가상 역사소설이나 대체 역사소설이 되기 때문이다. 이야기를 쓰다 보면 가끔 이런 규칙을 파괴하고 싶다는 유혹을 느끼곤 하지만, 역사소설이라는 장르 고유의 특성을 작가 개인의 욕심으로 훼손시킬 수는 없다. 거기다 팩션 독자들은 나름대로의 기대감을 가지고 있기 때문에 그 기대감을 무너뜨리는 방식으로 접근해서는 안 된다.

　물론 팩션이 기존의 역사소설보다 작가의 창작성을 더 허용한다는 점은 부인할 수 없다. 그러나 어디까지나 기반이 되는 역사에 충실해야 한다는 원칙을 지킨다는 전제하에 가능한 일이다. 간혹 새로운 세계관을 창조하고 싶은 유혹을 느끼는 경우도 있겠지만, 팩션의 운명은 역사와 함께해야만 한다. 군이 자신만의 세계관과 역사를 접목해서 이야기를 풀어가고 싶다면 가상 역사소설이나 대체 역사소설 쓰기를 권한다.

2

반드시 읽어야 할
팩션 작품들

팩션은 다른 장르와는 달리 특정한 계보가 따로 분류되어 있지 않다. 시대별로 구분하는 경우도 있지만 그건 역사소설도 마찬가지이기 때문에 팩션만의 분류라고는 볼 수 없다. 작가들 역시 다양한 장르의 작품을 쓰다가 팩션으로 옮겨온 경우가 많기 때문에 협회나 모임이 따로 있지도 않다. 따라서 작가별로 관찰을 하고 대표작을 살펴보는 것으로 계보나 흐름을 파악해야만 한다. 팩션을 쓰겠다면 적어도 다음에 소개하는 작가들의 작품은 읽기를 바란다.

댄 브라운

우리나라에 팩션을 소개하고 하나의 장르로 구축하는 데 가장 큰 영향을 준 작가다. 그는 음악가를 꿈꾸면서 할리우드에서 잠깐 일하다가 고향으로 돌아와서 교사가 되었다.

그러다 1990년대 후반부터 본격적으로 집필을 시작했다. 초기 작품들은『디지털 포트리스』,『천사와 악마』,『디셉션 포인트』같은 스릴러였다. 하지만 별다른 인기를 끌지 못하자 2003년, 역사와 종교를 테마로 한『다빈치 코드』를 집필했다. 기독교라는 종교가 가지고 있는 민감함과 더불어 상상력을 한껏 자극하는 내용 덕분에 전 세계적으로 큰 이슈가 되었다. 출간 즉시 베스트셀러에 오른『다빈치 코드』로 인해서 댄 브라운은 일약 유명 작가의 반열에 올라섰다.

그의 작품이 가지고 있는 특징은 스릴러적인 요소가 강하다는 것이다. 주인공이 한정된 시간 안에 사건을 해결해야 한다는 미션을 통해 긴박감을 준다. 거기에 역사와 종교, 신화들을 혼합시킴으로써 스토리를 보강하는 동시에 독자들의 흥미를 끈다. 2004년 그의 대표작인『다빈치 코드』가 국내에 출간되었을 때에도 엄청난 인기를 끌었다. 다른 작품들도 번역 출간되었지만 무엇보다 로버트 랭던을 주인공으로 하는 팩션 작품들은 반드시 봐야 한다. 팩션이 가지는 장점들이 강한 캐릭터와 어떻게 연결되는지를 볼 수 있다.

이정명

한국의 댄 브라운이라는 별명이 어색하지 않은 작가다. 경북대학교 국어국문학과를 졸업하고 언론계에서 일했다. 잡지사와 신문사 기자로 일하면서 글쓰기를 병행했다. 나중에 인터뷰에서 밝힌 바로는 직장 생활을 하던 29살 무렵, 인생을 낭비하고 있다는 느낌이 들어서 글을 쓰기 시작했다고 한다.

첫 작품은 1999년 밝은세상에서 출간한 『천년 후에』라는 두 권짜리 소설이다. 2002년까지 몇 권의 작품을 더 쓰면서 내공을 갈고 닦은 후에 본격적인 집필 활동에 나선다. 그 결과물이 2006년에 나온 『뿌리 깊은 나무』다. 세종의 한글 창제에 얽힌 미스터리를 풀어낸다는 신선한 플롯은 『다빈치 코드』 이상의 충격을 주었다. 댄 브라운이 우리나라에 팩션을 소개했다면 국내 작가도 팩션을 쓸 수 있다는 가능성을 제시해준 자가 바로 이정명이다. 뒤이어 나온 『바람의 화원』도 신윤복에 관한 가설을 등장시키면서 팩션 작가로서의 자리를 굳혔다. 이후 윤동주의 시를 둘러싼 이야기 『별을 스치는 바람』을 발표했다.

작가로서의 능력이나 문장은 다른 작가들을 더 높게 평가할 수 있지만 팩션이라는 장르를 개척하는 데 있어서 이정명 작가의 공은 무시할 수 없다. 이정명을 한국의 댄 브라운이라고 지칭하는 이유는 장르에 미친 영향력과 함께 소설을 전개하는 플롯이 비슷하다는 데 있다. 댄 브라운처럼 이정명 역시 실제 역사 속에 존재했거나 발생했을 법한 이야기를 미스터리한 기법을 이용해서 풀어낸다. 댄 브라운이 한정된 시간 안에 사건을 해결해야 하는 동시에 쫓거나 쫓기는 상황을 가정한 스릴러적인 요소가 강하다면 이정명은 미스터리적인 요소가 강한 점이 차이점이다.

이정명은 인터뷰에서 역사소설은 위대한 오답이라는 얘기를 했다. 이는 누락되거나 사라진 진실을 자료를 통해 유추하고 정리하면서 진실을 찾아내기 때문에 검증할 수는 없지만 의미를 가진다는 뜻이다. 또한 문장을 중시하는 문단을 우회적으로 비판하면서 가장 중요한 것은 '재미'라고 강조한다. 바로 그 재미를 위해서 추리적인 요소를 사용한다고 밝힌 것이다. 독자들의 흥미를 끌기 위해 예수와 관련된 음모론을 이야기한 댄 브라운과 비슷한 맥락이라 할 수 있다. 2013년에 온라인 서점 '예스24'와 했던 이정명의 인터뷰는 팩션 작가로서 추구해야 할 점과 필요한 사항들이 잘 소개되어 있어 참고할 만하다.

장용민

서울대학교 미대를 졸업한 장용민 작가의 꿈은 영화감독이었다. 그래서 한국영화 아카데미를 수료했다. 감독으로 입봉하기 위해서는 시나리오를 직접 써야만 했는데 이때 쓴 시나리오가 바로 『건축무한육면각체의 비밀』이다. 이상의 복잡난해한 시와 일본의 음모라는 주제를 가진 이 작품은 기존의 역사소설과는 플롯이나 진행 방식 모두 색다른 작품이었다. 간혹 이정명의『뿌리 깊은 나무』보다 훨씬 앞서 나온 이 작품을 한국 팩션의 시작으로 보기도 한다.

『건축무한육면각체의 비밀』은 1999년 동명의 영화로 제작되었지만, 혹평을 받았다. 장용민 작가는 영화계에서 일을 하느라 팩션이 한창 자리를 잡아가던 2000년대 초반에는 별다른 활동을 하지 못했지만, 2011년 대한민국스토리 공모대전에서『궁극의 아이』로 대상을 받으면서 다시 활동을 시작한다. 엄밀히 말해『궁극의 아이』는 팩션은 아니지만, 그다음에 발표된『불로의 인형』은 진시황이 찾던 불로초를 둘러싼 미스터리를 파헤친 작품으로 전형적인 팩션이라고 할 수 있다.

뛰어난 실력의 소유자이지만 이정명이나 다른 작가들처럼 글쓰기에만 전념하는 것이 아니라 영화나 드라마 활동도 병행하기 때문에 상대적으로 작품 발표 빈도가 낮다. 『건축무한육면각체의 비밀』이나『불로의 인형』은 반드시 읽어봐야 하는 작품이다.

김탁환

김탁환은 원래 평론가로 데뷔했다가 소설가로 전환했다. 서울대학교 국문학과 출신으로 해군사관학교와 카이스트 KAIST 교수를 역임했으며, 1998년에 발표된『불멸』로 본격적으로 명성을 떨쳤다. 역사소설을 주로 발표했는데 임진왜란부터 한말까지 다양한 시대를 배경으로 글을 썼다. 이 책에서 소개할 작가들 중 가장 활발한 집필 활동을 하고 있으며, 영상 매체와의 결합에도 적극적이다. 장르소설, 특히 팩션의 미래가 웹과 영상화에 있다는 점을 감안하면 눈여겨봐야 할 행보다.

팩션 작가를 꿈꾼다면 김탁환 작가의 작품들 중에서 '백탑파 시리즈'는 반드시 읽어야 한다. 조선 후기 실학자들의 모임인 백탑파와 김진, 이명방이라는 가상의 인물이 함께 미스터리한 사건을 해결하는 방식을 취한 작품이다. 김진과 이명방은 홈즈와 왓슨을 연상하게 하는 조합으로 가장 성공적이면서도 보편적인 캐릭터라고 할 수 있다. 주로 김진이 사건을 해결하고, 이명방이 도와주는 역할을 한다. 백탑파의 실학자들은 이들의 멘토나 피해자로 소설에 등장한다.

'백탑파 시리즈'는 2003년에 발표된 『방각본 살인사건』과 2005년에 나온 『열녀문의 비밀』, 그리고 2007년에 나온 『열하광인』이 있다. 『열하광인』에서 끝을 맺는 듯싶다가 2015년 『목격자들』을 통해 다시 '백탑파 시리즈'를 부활시켰다. 세금으로 거둔 곡식을 운반하는 조운선의 침몰을 주제로 한 이 작품은 작가가 직접 언급했듯이 세월호 참사가 모티프가 되었다. '백탑파 시리즈'는 미스터리를 기반으로 한 팩션의 교과서적인 작품이라 할 수 있기 때문에 반드시 읽어봐야 한다. 김탁환 작가는 팩션으로 분류될 만한 작품

외에도 다양한 역사소설과 동화, 산문집, 서평집 등을 발표하며 왕성한 작품 활동을 하고 있다.

김상현

1973년생인 김상현 작가는 중앙대학교 문예창작과를 졸업했다. 판타지 장르로 창작 활동을 시작했으며 대표작은 『탐그루』다. 12권으로 구성된 『탐그루』는 판타지 소설 중에서도 눈에 띄는 작품으로 인기와 호평을 동시에 얻었다. 이후 『하이어드』, 『트래블러』 같은 작품을 계속 발표하면서 판타지 장르에서 주목받는 작가가 된다.

그러다가 2006년 『정약용 살인사건』이라는 팩션을 발표하면서 영역을 확장한다. 『정약용 살인사건』은 정조의 죽음 이후 귀양을 간 정약용이 살인사건에 휘말린다는 내용으로 역사와 상상력을 결합한 전형적인 팩션 스타일의 작품이다. 판타지를 썼던 작가답게 무겁거나 진중한 방식 대신 인간 본연의 감정선을 살리는 데 주력했으며, 이러한 플롯은 다음 해 발표된 『대무신왕기』에서 폭발한다. 초기 고구려 왕실의 암투와 음모를 다룬 작품으로 고구려판 『왕좌의 게임』이라고도 할 수 있다.

역사소설이 가지는 진지함과 거리를 두지만 마냥 가볍지만은 않은 팩션을 쓰는 김상현 작가는 가장 상업적인 팩션 작가로 꼽힌다. 2010년 일제강점기를 배경으로 친일파 이완용의 암살을 다룬『이완용을 쏴라』라는 작품을 발표했지만, 최근에는 모교인 중앙대학교에 출강하면서 작품 발표를 거의 하고 있지 않다. 김상현 작가의 작품 중『정약용 살인사건』과『대무신왕기』는 반드시 읽어봐야 할 작품이다.

김재희

김상현 작가와 비슷한 시기에 팩션 작품을 선보인 김재희 작가는 본래 시나리오 작가 출신이다. 2006년 훈민정음 창제의 비밀을 다룬『훈민정음 암살사건』을 발표했다. 이후『백제 결사단』을 비롯해서『색 샤라쿠』와 같은 작품들을 집필했다. 시나리오 작가라는 특성상 영화적인 구성을 시도하는 것이 눈에 띄며, 현대와 과거를 오가는 방식을 즐겨 쓴다. 어떻게 보면 한국의 팩션 작가들 중에서 댄 브라운과 가장 유사한 플롯을 가지고 있다고 할 수 있다.

　2012년에 발표한『경성 탐정 이상』은 시인 이상을 탐정으로 등장시킨 작품으로 미스터리적인 요소와 역사를 결합해서 이야기를 풀어냈다. 간혹 문장과 구성이 아쉽다는 지적이 있긴 하지만 시나리오 작가답게 플롯을 구성하는 데 능숙하다. 김재희 작가의 작품들 중『경성 탐정 이상』은 꼭 읽어보길 바란다.

오세영

경희대학교 사학과를 졸업한 오세영 작가는 1993년에 발
표한 『베니스의 개성상인』이라는 작품으로 잘 알려져 있
다. 루벤스의 그림 〈한복 입은 남자〉에서 모티프를 얻은 이
작품은 조선에 살던 주인공이 어떻게 이탈리아까지 건너가
서 활동하게 되었는지를 풍부한 상상력으로 풀어내는 동시
에 무역상사에서 일하는 또 다른 주인공을 등장시켜 현재
와의 연관성을 강조했다. 사학과 출신답게 다른 작가들보
다 깊이 있는 고증이 돋보인다.

그는 1997년에 발표한 『화랑서유기』와 관련된 인터뷰
에서 팩션이라는 말을 처음 사용했다. 어떻게 보면 너무 일
찍 등장하는 바람에 오히려 주목을 받지 못한 경우라고 할
수 있다. 팩션 외에도 동화와 판타지 장르의 작품 등을 발
표했다.

2006년에 출간한 『원행』은 정조의 수원 화성 행차를 배
경으로 한 팩션으로 정조 시해를 막으려는 정약용의 활약
상을 다룬 작품이다. 개혁 군주인 정조를 못마땅해하는 수
구파와 이에 맞서는 개혁파의 대립을 주축으로 당시 시대
상황을 풀어낸 것이 돋보인다. 문장이 평이하다는 평가도
있지만 오랜 경험을 바탕으로 한 문체라 가독성이 좋은 편
이다. 팩션 작가를 꿈꾸는 이들에게 『원행』은 반드시 읽어
봐야 할 작품이다.

윤민혁

팩션을 쓰지는 않았지만 주목해야 할 작가이다. 특이하게
도 밀리터리 전문가라 『제2차 한국전쟁』이나 『독도왜란』
같은 전쟁소설으로 먼저 인기를 끌었다. 방대한 정보와 지
식을 소설 속에 녹여내기 때문에 독자들에게 큰 인기와 존
경을 받고 있다. 김경진 작가와 함께 명량해전을 다룬 『격
류』라는 역사소설을 쓰기도 했는데, 그만큼 역사적인 지식
과 소양이 뛰어나다.

2003년에 출간한 『한제국 건국사』는 현대의 인원이 과
거로 돌아가서 역사를 바꾼다는 타임슬립 대체 역사소설이
지만, 현대에서 넘어간 인원들이 최첨단 장비를 가지고 손
쉽게 자신들만의 세상을 만든다는 식의 일방적인 설정은
아니다. 현대에서 넘어간 인원들은 죽을 고비를 넘기고, 실
제로 이런저런 일로 죽기도 한다. 온갖 위기를 넘긴 끝에
외세의 침략으로부터 조선을 구해낸다. 그 과정을 설득력
있게 묘사했는데 작가가 오랫동안 역사에 관심을 두고 지
식을 쌓아왔기에 가능한 작품이었다.

대체 역사소설이기는 하지만 더할 나위 없이 뛰어난 소
설이므로 팩션을 쓰고 싶다면 한 번쯤 참고해서 읽어볼 만
하다. 특히 윤민혁 작가가 구사하는 가벼운 캐릭터와 농담
은 열 권이라는 긴 분량의 호흡을 적절하게 조절해준다.

김진명

작가에 대한 호불호를 떠나서 팩션을 얘기하면서 김진명을 빼놓을 수는 없다. 1993년 핵개발에 대한 비밀을 둘러싼 장편소설 『무궁화 꽃이 피었습니다』를 세상에 선보인 이래 김진명은 늘 논쟁을 불러온 인물이다. 법학과 출신인 그는 사법고시를 보는 대신 소설가의 길로 나섰고, 첫 책이 베스트셀러가 되는 기염을 토했다. 음모론을 주제로 하는 소설들을 주로 발표했으며, 미스터리를 풀어가는 방식을 썼기 때문에 어쩌면 '한국의 댄 브라운'이라는 별명은 김진명에게 더 잘 어울릴지도 모르겠다.

작품에서 내내 민족주의적인 성향을 드러내기 때문에 독자들의 호불호가 명확하게 갈린다. 또한 대부분의 작가들과는 달리 자신의 성향을 감추려고 하지도 않기 때문에 더더욱 논쟁을 불러일으킨다. 그럼에도 불구하고 그가 쓴 작품들은 대중들의 큰 사랑을 받았다. 문단에서는 거의 인정을 받지 못하고 있지만 팩션 작가들은 대부분 주류 문단과 거리를 두고 있다는 점을 감안하면 어쩔 수 없는 운명일지도 모른다.

사실 김진명은 음모론을 기반으로 한 소설을 주로 쓰고 있어서 앞서 소개한 다른 작가들과는 거리가 있다. 그의 소설에서 과거는 단지 현재의 문제를 푸는 열쇠나 단서로만 사용되고, 대부분의 소설이 현대를 배경으로 진행된다. 하지만 댄 브라운의 『다빈치 코드』 역시 과거를 배경으로 하지 않는다는 점을 보면 김진명의 작품을 팩션이라고 못 볼 이유도 없다. 『황태자비 납치사건』이나 『글자전쟁』 같은 작품들은 음모론을 다룬 전형적인 팩션으로 분류할 수 있다. 따라서 현대를 배경으로 하는 팩션을 써보고 싶거나 구상 중이라면 김진명의 소설을 읽어보는 것이 도움이 될 것이다.

이우혁

이우혁은 PC통신 시절 『퇴마록』을 연재하면서 큰 인기를 끌었다. 이후 단행본으로 출간되어 독자들에게 큰 사랑을 받았으며 나중에는 영화로도 만들어졌다. 『파이로 매니악』 같은 범죄소설부터 『치우천황기』 같은 역사소설까지 폭넓은 창작 활동을 하고 있지만, 작품 전반에 걸쳐 기본이 되는 장르는 『퇴마록』으로 대표되는 판타지다. 도술과 마법, 신화와 역사가 버무려진 작품은 새로운 이야기에 목말랐던 독자들에게 크게 어필했다.

회사 운영을 위해 잠시 펜을 내려놨던 그는 2010년에 다시 복귀했다. 이우혁의 작품 중에서 팩션에 가장 가깝다고 볼 수 있는 것은 1998년에 발표했다가 2015년에 재출간한 『왜란 종결자』다. 임진왜란이라는 미증유의 전쟁 속에서 인간과 저승사자, 도를 닦은 호랑이와 환수가 왜란을 끝낼 종결자를 찾아서 길을 떠난다는 내용이다. 사실성을 중시하는 팩션과는 다소 거리가 멀긴 하지만 임진왜란이라는 역사적 사실과 판타지를 결합한 점은 꽤 눈길을 끈다. 출판사의 책 소개에서 팩션 판타지라고 한 이유도 이런 점을 부각시키고자 한 것으로 보인다. 작가의 오랜 내공이 담겨 있으며, 고증적인 측면에서도 흠잡을 곳이 없다. 많이 알려져 있진 않지만 조선의 포졸이 중원에서 맹활약한다는 내용을 담은 『쾌자풍』이라는 소설 역시 팩션으로 분류해도 큰 무리가 없다.

그 밖의 작가들

팩션을 많이 발표하지는 않았지만 눈에 띄는 작품을 발표한 작가로는 윤혜숙, 제성욱, 강동수, 이인화 등을 꼽을 수 있다.

청소년 소설 작가인 윤혜숙이 쓴 『밤의 화사들』은 제4회 한우리문학상 청소년 부문 당선작이다. 조선 후기 계회도契會圖를 둘러싼 비밀을 풀어낸 이 작품은 팩션 전문 작가의 작품이 아님에도 불구하고 상당한 수준을 자랑한다. 당시 시대적 상황을 잘 살려내면서도 미스터리적인 요소들을 잘 배치했다. 청소년 소설이기 때문에 잔인한 장면이나 설정을 넣지 못했다. 덕분에 차분하면서도 가독성이 좋은 팩션이 되었다. 윤혜숙 작가는 팩션이 청소년 소설로 확장될 수 있다는 가능성을 보여준 작가라 할 수 있다.

부산 출신의 제성욱 작가는 2010년 세상을 떠났다. 그는 다양한 작품 활동을 했는데 『밈바이러스』, 『그림자 전쟁』 같은 스릴러와 『천하를 경영한 기황후』, 『일본정벌군』 같은 역사소설들도 집필했다. 그중에서 팩션으로 분류할 만한 것은 2009년에 『효종의 총』이라는 제목으로 출간했다가 2015년 『총군』이라는 제목으로 재출간된 작품이다. 조선에 표류한 네덜란드인들이 연쇄적으로 죽어가는데, 하루 안에 이 사건을 해결해야 한다는 내용의 팩션이다. 청나라와 일본과의 관계, 병자호란을 겪은 지 얼마 되지 않은 조선이라는 내부 사정을 잘 결합해냈다. 이후의 활약이 기대되었지만 안타깝게 요절하고 말았다.

〈세계일보〉 신춘문예로 등단한 강동수 작가의 『제국익문사』도 훌륭한 팩션이다. 조선 시대를 주로 다룬 다른 작품들과는 달리 한말의 러일전쟁 시기를 다루었는데. 고종이 대한제국을 지키기 위해 만든 비밀첩보조직인 익문사 요원들의 활약상을 그렸다. 계속 과거로 회귀하면서 이야기를 풀어가는 방식이 다소 가독성을 떨어뜨리지만 당시의 시대상과 일본 내부의 상황, 그리고 무너져가는 대한제국을 지키기 위한 익문사 요원들의 모습을 잘 묘사했다. 특히 대한제국을 무너뜨리기 위한 망명객들과 그들의 배후에 있는 일본 정계의 상황을 설득력 있게 그려냈다. 근대를 배경으로 팩션을 쓰고 싶다면 반드시 읽어봐야 할 작품이다.

1993년에 이인화가 발표한 『영원한 제국』은 한국 팩션의 원조 격인 작품이다. 영조가 숨겨둔 비밀문서를 둘러싼 연쇄살인과 음모를 다룬 이 작품은 영화로도 만들어졌다. 발표된 지 20년이 넘었지만 지금 읽어도 어색함이 없을 정도로 서사가 탁월하다. 특히 정조의 죽음이 암살일지도 모른다는 암시는 여러모로 눈에 띈다.

『다빈치 코드』만큼의 서사를 지닌 외국 팩션 작품들을 꼽자면 『라비린토스』, 『임프리마투르』 등이 있다.

케이트 모스가 쓴 『라비린토스』는 '미궁'이라는 뜻의 그리스어로 영생이라는 다루기 쉽지 않은 테마를 주제로 하고 있다. 과거와 현재를 오가는 진행 방식이나 오랫동안 비밀리에 전해져왔다는 책을 찾는다는 내용은 전형적인 팩션의 플롯이다.

프란체스코 소르티와 리타 모날디 부부가 함께 집필한 『임프리마투르』는 국내에는 잘 알려지지 않은 팩션이다. 분량이 많고 바티칸이라는 다소 낯선 주제를 다루고 있기 때문이다. 하지만 봉쇄된 여관 안에서 등장인물들이 사건을 풀어내는 방식은 참신하면서도 배울 점이 많다. 두 저자 모두 역사학 박사로 박학다식한 면모를 자랑한다.

단테의 『신곡』을 둘러싸고 벌어지는 살인사건을 다룬 매튜 펄의 『단테 클럽』이나 심리학자인 프로이트와 융을 살인사건과 연관시킨 제드 러벤펠드의 『살인의 해석』도 추천

한다. 『살인의 해석』은 실제로 사이가 나빠진 두 사람의 관계를 소설의 주요 모티프로 차용한 점이 흥미로우며, 그의 다음 작품인 『죽음본능』도 읽어볼 만하다. 그 밖에 팩션으로 분류되지는 않지만 움베르토 에코의 『장미의 이름』도 한 번쯤은 읽어보기를 권한다. 시대라는 배경을 얼마나 이야기 속에 잘 녹여냈는지를 알 수 있는 작품이다.

3

한국에서
팩션 장르의 가능성

폴 오스터는 "우리가 글쓰기를 선택하는 것이 아니라 글쓰기가 우리를 선택했다"라고 말했다. 글을 쓰는 일이 가지는 특수성에 대해서 설명한 것인데 팩션을 쓰는 작가에게도 적용되는 말이다. "당신이 팩션을 쓰는 것이 아니라 팩션이 당신으로 하여금 글을 쓰게 만들었다"고 말이다.

사람들은 글을 쓰기로 결심했을 때 가장 잘 쓸 수 있거나 혹은 익숙한 장르에 도전한다. 팩션에 도전했다는 것은 역사에 대해 어느 정도 관심이 있거나 혹은 도전 의식을 가지고 있다는 걸 의미한다. 하지만 그것과는 별개로 팩션의 장래와 전망에 대해서는 고민할 수밖에 없다.

해마다 독서 인구는 줄어들고 있고, 출판 경기는 몇 년째 하락세를 이어가고 있다. 더 큰 문제는 반등을 할 여지가 보이지 않는다는 것이다. 몇 년 후면 종이책은 아예 사라질지도 모른다는 극단적인 주장도 있다. 현상을 파악하기 위해 보다 객관적인 자료를 살펴보도록 하자.

한국출판문화산업진흥원에서 발간한 보고서를 보면 2014년 상반기에 3,871종의 소설이 발행되었다고 나와 있다. 번역된 외국 소설까지 포함한 수량이다. 그렇다면 2015년 상반기에는 몇 종의 소설이 발행되었을까? 모두 3,780종이다. 눈에 띄게 수량이 줄어들었을 것이라는 예상과는 달리 아주 적은 감소세를 보였다.

좀 더 범위를 좁혀서 팩션에 해당되는 역사소설만 보면 역시 재미있는 수치가 나온다. 온라인 서점 중에 별도로 역사소설 카테고리를 가지고 있는 예스24에서 1년간 출간된 종수를 확인해봤다. 2014년에는 222종이 나왔고, 2015년에는 259종이 나왔다. 몇 가지 변수들이 있긴 하지만 수치상으로는 오히려 10퍼센트나 증가했다. 역사소설에서 팩션이 차지하는 비율은 알 수 없지만, 시장이 축소됐다는 움직임은 찾기 어렵다. 데이터만 놓고 보면 전체 소설 시장은 약간의 하락세를 보이고 있긴 하지만 역사소설 분야는 큰 변화가 없고, 오히려 증가하고 있다. 거기다 활성화되고 있는 웹소설 분야에서 팩션이 차지하는 지분을 생각하면 최소한 시장이 줄어들 우려는 없다.

팩션의 가장 큰 장점은 외국 소설과 크게 경쟁하지 않아도 된다는 점이다. 추리나 다른 장르의 경우 외국 번역서 때문에 국내 작가들이 고전하고 있는 것에 비하면 상당히 유리한 상황이다. 거기다 나날이 성장하고 있는 웹소설 시장은 팩션의 미래가 어둡지만은 않다는 것을 말해준다. 물론 이 통계나 예측에도 함정은 숨어 있다. 출판 시장의 규모가 줄어들고 경기가 나빠지면서 빈익빈 부익부 현상이 초래되기 때문이다.

대형 출판사가 선택하는 유명한 작가, 혹은 안정적으로 집필을 하는 중진급 작가들에게는 계속 기회가 주어지는 반면, 신인 작가들은 외면당하고 있는 실정이다. 출판사 입장에서 신인 작가를 발굴한다는 것은 일종의 투자인 셈인데 불경기라고 판단하면 그런 투자에 눈길을 주지 않는다. 따라서 그런 관문을 통과하기 위해서는 출판사가 신인 작가에게 투자한다는 생각이 들지 않게끔 해야 한다. 즉 굉장히 잘 쓴 팩션이라는 느낌을 받도록 글을 써야 하는 것이다. 신인 작가 역시 경쟁은 불가피하다.

신인작가에게 불리한 조건이라고 생각할 수도 있지만 출판 시장은 다른 시장에 비해 학연이나 지연이 그리 적용되지 않는다. 즉 출판 시장에서 만큼은 낙하산이나 금수저들에게 치이지 않아도 된다는 뜻이기도 하다. 참고로 필자의 최종 학력은 고졸이고, 글을 쓰기 전에는 창작과 관련된 그 어떤 교육 과정을 듣거나 이수한 적이 없다. 하지만 책을 내면서 학력이 걸림돌이 된 적은 단 한 번도 없었다. 이런 상황들을 토대로 본다면 팩션의 미래가 암울하다고 보기는 어렵다. 물론 이런 상황과는 상관없이 작가의 역량이 출판사 편집자와 독자들을 만족시킬 수 있는 수준에 도달해야겠지만 말이다.

팩션의 또 다른 장점은 웹소설과 영상화가 가능하다는 점이다. 가장 많은 독자들이 보는 네이버 웹소설의 경우 2016년 2월 현재 로맨스 장르 부분에서 연재 중인 37개 작품 중 5개 작품이 조선 시대를 배경으로 하고 있다. 영화관 입장권 통합전산망KOBIS 기준으로 2015년 흥행 상위에 랭크된 10개 작품 중 역사물은 모두 3개 작품으로 〈암살〉, 〈사도〉, 〈조선명탐정: 사라진 놉의 딸〉 등이다. 50개 작품으로 늘리면 〈대호〉, 〈간신〉, 〈협녀〉, 〈칼의 기억〉, 〈경성학교: 사라진 소녀들〉이 추가된다. 이 밖에도 무적핑크의 〈조선왕조실톡〉이라는 웹툰이 큰 인기를 끌면서 드라마로 만들어지기도 했다. 이런 사례들을 보면 역사라는 콘텐츠가 다양한 곳에서 여러 가지 방식으로 사용되고 있다는 것을 알 수 있다.

이렇게 관련 통계나 주변 상황에서 볼 수 있듯 팩션은 당분간 급격한 하락세를 겪거나 몰락하지 않을 것이다. 하지만 이런 흐름에 동참할 수 있는 것은 실력을 갖춘 작가들뿐이다. 독자들의 수준과 요구는 계속 높아지고 있기 때문에 독자들의 눈높이를 맞추지 못하는 작품은 설 자리가 없다. 낙오되고 도태되지 않으려면 끊임없이 소재를 발굴하고 자료를 찾으며 지식을 쌓아야 한다.

팩션은 역사소설의 한 부분, 혹은 시대적인 흐름으로 정의할 수 있다. 즉 시간이 흐르거나 작가들의 성향이 바뀐다면 팩션이라는 장르 역시 언제든지 변화하거나 사라질 수 있다. 그렇지만 출판 시장의 동향이나 각종 지표를 살펴보면 팩션은 한동안 국내외 역사소설의 큰 흐름으로 자리 잡을 것이 분명하다. 『다빈치 코드』 이후 국내 작가들이 내놓은 팩션들이 좋은 반응을 얻으면서 독자들을 만들었고, 팩션을 쓰는 작가 역시 많아졌다. 이런 순환 구조가 유지된다면 팩션은 역사소설의 주류라는 타이틀을 놓치지 않을 것이다.

하지만 팩션의 미래가 마냥 밝은 것만은 아니다. 앞서 언급했듯 계속되는 출판 시장의 위축으로 신진 작가들의 유입이 줄어들고 있기 때문이다. 출판 시장은 독자들의 흥미를 끌 수 있는 신작 소설의 공급이 가장 중요하다. 이런 상황을 타개하기 위해서는 작가들의 역량이 강화되어야 한다. 이를 위해서는 역사학계와 적극적으로 교류를 하는 것이 유일한 해답이라고 생각한다.

독서 인구의 감소로 인해 출판 경기는 몇 년째 하락세를 면치 못하고 있다. 이에 대한 대안 내지는 해결책으로 웹소설이 각광받고 있다. PC통신 시절부터 인터넷과 웹은 종이책의 대안으로 주목받기 시작했고, 최근 스마트폰의 등장으로 본격적으로 자리를 잡아가고 있다. 네이버 같은 포털 사이트는 물론 문피아나 조아라, 리디북스나 레진코믹스가 활발하게 활동 중이다. 카카오페이지 역시 소설을 연재 중이다. 웹소설을 써서 억대의 수입을 올리는 작가들에 관한 얘기가 심심찮게 들리면서 팩션을 쓰거나 준비 중인 작가들도 웹소설에 점차 관심을 기울이고 있다.

필자는 장르소설의 미래가 웹소설과 영상화에 달려 있다고 생각하기 때문에 이런 흐름을 꽤 긍정적으로 보고 있다. 하지만 웹소설을 쓴다고 무조건 성공한다는 보장은 없다. 그리고 팩션이 웹소설과 적합한지도 고민해봐야 한다. 고소득을 올리는 웹소설 작가들은 대부분 로맨스 작가들이다. 또한 로맨스 장르는 아주 오랫동안 웹소설로 서비스되면서 안정적인 독자층을 구축했다. 그런 기반이 없는 팩션이 웹소설에서 성공한다는 생각은 너무 낙관적이다.

일단 웹소설은 종이책과 구성과 전개 방식이 다르다. 신문이나 잡지처럼 연재되는 방식을 취하고 있기 때문에 매회 마무리가 중요하다. 페이지를 넘기는 대신 클릭이나 스크롤을 내려서 읽어야 하는 웹소설의 특성상 지나치게 복잡한 플롯을 사용할 수도 없다. 거기다 모바일로 보는 경우에는 긴 호흡의 문장을 사용할 수도 없다. 또한 웹소설의 주요 독자층은 기존 종이책 독자들보다 연령이 낮은 편이다. 작가가 이러한 점들을 극복하려는 노력과 도전을 하지 않는 한 웹소설에서의 성공은 보장받을 수 없다.

사실 사건의 전개와 발단, 절정과 결말이 적당히 배분되어야 하는 팩션이나 복잡한 복선을 앞에 깔고 끝부분에 마무리를 지어야 하는 추리소설은 매회 마감을 하고 복잡한 플롯을 피해야 하는 웹소설과는 맞지 않는다. 따라서 이런 부분들에 대한 해결책이 있어야만 웹소설이라는 새로운 시장, 혹은 장벽을 넘을 수 있다.

방법은 웹소설에 맞는 플롯과 방식으로 팩션을 쓰는 것이다. 그러기 위해서는 긴 문장과 복잡한 플롯을 버리고, 매회 새로운 이야기를 선보여야 한다. 그에 걸맞는 플롯은 매회 새로운 사건이 발생하고 결말이 나면서도 큰 줄기의 이야기는 시즌 전체로 이어지는 미드 방식이 가장 적합하다. 물론 새로운 등장인물이 계속 나오기 때문에, 회마다 완전히 새로운 서사를 창조해낼 필요는 없다. 하지만 독자들에게 식상함을 주지 않으면서도 서사 자체를 훼손시키지 않는 플롯을 유지한다는 것은 말처럼 쉽지 않다. 따라서 오랫동안 꼼꼼하게 준비해야만 한다.

팩션은
어떻게 탄생하는가

팩션이 가져야 할 첫 번째 조건이자 출발점은 바로 '역사'
다. 이 부분이 역사소설과 팩션을 다른 장르와 명확하게 구
분하는 요소라 할 수 있다. 이런 전제 조건은 자칫 작가 지
망생들에게 역사에 대해 해박한 지식을 가지고 있어야만 팩
션을 쓸 수 있다는 강박관념 및 공포감을 심어줄 수도 있다.

하지만 대부분의 국내 팩션 작가들은 역사를 전문적으
로 배우거나 전공하지 않았다는 점을 얘기하고 싶다. 또한
다른 학문과 마찬가지로 역사를 꼭 강단에서 배우고 익혀
야 할 필요도 없다. 중요한 것은 소재를 발굴하고 그 소재
를 자연스럽게 글에 녹여낼 정도의 자료 조사를 해야 한다
는 것이다.

개인적으로는 역사 소설가들의 자료 조사 과정이 지금
보다 더 체계화, 다각화되어야 한다고 본다. 객관적으로 평

가받는 과정이 생략되고, 출판사 편집자가 역사학 전공자가 아닌 경우 대부분 작가가 쓴 그대로 출판되기 때문이다. 물론 역사소설을 쓰는 목적은 논문을 발표하는 것과는 다르다. 하지만 독자들이 작가가 가지고 있는 왜곡된 역사관을 그대로 받아들일 가능성이 높으므로 주의를 요한다. 특히 팩션은 『다빈치 코드』처럼 음모론을 다루는 경우가 많기 때문에 더더욱 주의해야 한다.

팩션의 기본은 창작이기 때문에 완벽한 고증을 할 필요는 없다. 하지만 그 시대의 역사가 가지고 있는 기본적인 의미와 이유에 대해서는 설득력 있게 이야기해주어야 한다. 사실을 품고 있지 않은 이야기는 창작이 아니라 망상이기 때문이다.

팩션의 시작은 자료 조사

다른 장르의 소재들은 작가 개인의 경험이나 상상을 통해 얻는 경우가 많은 한편, 팩션은 역사 속에서 소재를 찾아야 하기 때문에 자료 조사가 필수이다. 필자도 팩션의 소재를 처음부터 작정하고 찾은 것보다는 다른 글을 쓰기 위해서 자료 조사를 하다가 발견한 경우가 많았다. 그것은 역사를 주제로 하는 팩션만이 가지고 있는 특성이라고 할 수 있다. 팩션의 소재는 다양한 곳에서 발굴할 수 있지만, 당대의 역사를 담은 사서에서 찾는 것이 가장 빠르고 정확하다.

예를 들어 삼국 시대를 배경으로 한 팩션을 쓴다면 당연히 『삼국사기』와 『삼국유사』 정도는 읽어야 하고, 고려 시대라면 『고려사』를, 조선 시대라면 『조선왕조실록』을 봐야 한다. 예전에는 이러한 자료를 구해 보는 것이 굉장히 어려웠지만, 지금은 온라인상에서 『삼국사기』와 『고려사』, 그리고 『조선왕조실록』의 국역본을 볼 수 있다(이 책의 부록 참조).

『삼국사기』와 『고려사』는 분량이 많지 않기 때문에 쉽게 볼 수 있지만, 『조선왕조실록』은 분량이 엄청나 한 번에 보는 것이 불가능하다. 하지만 대부분의 팩션들은 자료가 풍부하고 대중들의 관심을 끄는 조선 시대를 배경으로 하고 있다. 이런 경우에는 소설의 배경이 시대의 자료만 발췌해서 볼 것을 권한다. 세종대왕 시대가 배경이라면 『세종실록』을 보는 것이다. 검색어를 입력해서 자료의 일부만 보는 것도 가능하지만 가급적이면 해당 시대 전체를 보길 바란다.

『조선왕조실록』은 승정원에서 『각사등록』이나 『일성록』, 『승정원일기』 같이 부서에서 작성한 일지들을 취합한 후 가장 중요한 사건들을 골라서 기록한 것이다. 따라서 어떤 사건 전체가 『조선왕조실록』에 고스란히 남아 있지는 않다. 중간 전개 과정을 건너뛰는 경우도 있고, 결말이 제대로 나오지 않는 경우도 있다. 설사 사건 전체가 실록에 남아 있다고 해도 검색어로 띄엄띄엄 보면 놓치는 부분들이 생긴다. 그나마 이렇게 인터넷에서 편하게 찾아볼 수 있게 된 것도 몇 년 되지 않았다. 그전에는 국립중앙도서관에 가서 서가 한쪽을 가득 채운 실록 전집을 뒤적거리거나 고가의 CD를 이용하는 수밖에 없었다.

한국사데이터베이스db.history.go.kr에서는 『조선왕조실록』을 비롯한 관찬사서는 물론 각종 사서와 신문 자료들을 볼 수 있다. 번역이 안 된 것들이 있긴 하지만 국역이 된 것도 많아서 큰 도움이 된다. 만약 글의 배경이 되는 시대가 한말이나 일제강점기라면 봐야 할 자료가 한 가지 더 있다. 바로 네이버의 뉴스 라이브러리newslibrary.naver.com다. 날짜나 검색어로 신문 기사를 찾아볼 수 있다. 일제강점기 때 신문들을 볼 수 있는데 비록 정보는 단편적이지만 당시의 상황을 압축적으로 보여주고 있어서 유용하다. 옛날 신문의 광고란을 보는 것도 재미있다. 당시 가장 널리 알려진 상품들을 통해 그 시대의 분위기를 파악할 수 있기 때문이다. 이렇게 해당 시대에 관한 기록을 들여다보는 것은 자료 조사를 하는 것 외에도 두 가지 장점이 더 있다.

첫 번째는 자연스럽게 해당 시대의 분위기를 파악할 수 있다는 점이다. 꼼꼼하게 외우지 않는다고 해도 대략 그 시대가 돌아가는 상황을 파악하면서 당시 자주 사용했던 말은 물론 유명한 사건들을 파악할 수 있다. 그러면서 자연스럽게 머리에 당시의 분위기나 풍경들이 데이터처럼 저장된다.

이렇게 데이터를 차곡차곡 저장해두면, 같은 시대를 배

경으로 한 다른 작품을 쓸 경우 시간 절약은 물론 고증에도 큰 도움을 받을 수 있다. 필자는 이것을 '진화한다'고 표현한다. 작가의 개념과 생각, 지식도 글과 함께 계속 흘러가면서 변화해야만 한다. 각종 자료를 통해 그 시대를 들여다보는 것은 자료 조사나 소재 발굴의 차원을 넘어서서 그 시대와 함께 호흡을 해야 하는 팩션 작가라면 반드시 해야 할 일이다.

두 번째는 새로운 소재를 발굴할 수 있다는 점이다. 팩션의 장점이자 단점은 아는 만큼 보인다는 것이다. 다양한 자료를 접하는 것은 글쓰기에도 유리하지만 무엇보다 좋은 소재를 찾는 데 도움이 된다. 잘 알려진 영웅이나 군주에 관한 이야기, 큰 전쟁이나 정치적 사건들은 이미 여러 차례 소설은 물론 영화나 드라마로도 나왔기 때문에 대중들에게 익숙해진 상태다. 따라서 그런 것들을 주제로 한다면 상대적으로 식상하다는 평가를 받게 된다. 거기다 가상의 이야기 비중이 높은 팩션에서는 새로운 인물이나 사건을 통해 이야기를 풀어가는 것이 필수이다.

소재를 찾는 가장 효과적인 방법은 역시 사서를 보는 것이다. 필자가 뒤에 소개할 조선시대 변호사격인 외지부도 바로 실록을 읽다가 찾아낸 것이다. 사서를 보는 것은 팩션을 쓰기 위한 자료 조사와 소재 발굴을 동시에 하는 것이라 할 수 있다. 이런 점을 감안하면 팩션에서 자료조사가 차지하는 비율이 얼마나 큰지 짐작할 수 있다.

　간혹 자료 조사를 위해서 역사 교양서나 실록을 쉽게 풀어쓴 책을 보는 경우가 있다. 재미를 얻거나 단순 지식을 쌓기 위해서라면 모르겠지만 팩션을 쓰기 위해서라면 이런 책으로 공부하는 것은 별다른 도움이 안 된다. 이렇게 단언하는 이유는 필자도 처음에 그런 책으로 공부를 시작했다가 실패를 맛봤기 때문이다. 이런 종류의 책은 독자들에게 재미를 주기 위해서 일정 부분 가공을 하거나 혹은 작가의 개인적인 사상이 투영되기 마련이다. 따라서 분량이 많다고 해도 정보량이 많지 않거나 심지어 왜곡된 시선을 가질 수도 있다. 그러므로 조금 어렵더라도『조선왕조실록』을 비롯한 관찬사서들을 직접 읽는 것이 좋다.

　전공자라면 얘기가 달라지겠지만 역사를 배경으로 이야기를 쓰는 작가는 이야기를 이끌어갈 만큼의 지식만 있으면 된다. 그게 얼마만큼인지, 또 어떤 수단을 통해서 습득할 것인지는 개인마다 다를 수 있다. 하지만 가상의 이야기니까 실제 역사를 많이 알 필요가 없다는 식의 접근 방식은 위험하다. 새로운 이야기를 만들어내는 것이지만 어디까지나 역사적 사실에 근접해야 하고 실제 역사와 잘 맞물려야한다. 그런 측면에서 보자면 팩션을 쓸 때 오히려 실제 역사에 대해서 더 많이 알고 파악해야 할지도 모른다. 그래야 가상의 이야기를 매끄럽게 창조해낼 수 있기 때문이다.

예를 들어 오늘날의 변호사에 해당하는 조선 시대의 외지부를 주인공으로 이야기를 꾸미고 싶다면 외지부에 대한 조사뿐 아니라 외지부가 활동할 수밖에 없던 시대 배경에 대해서도 파악해야 한다. 그런 사전 지식이 있어야만 팩션을 쓸 수 있다. 현대를 배경으로 한다면 주인공의 직업에 관한 조사만으로도 충분하지만, 소설의 배경이 되는 시대가 최소한 몇 백 년 전이라면 주인공의 직업은 물론 입는 옷과 먹는 음식, 거리의 풍경과 마주치는 사람들에 대한 조사도 필요하다. 거기다 그 당시에 썼던 용어도 알아야 한다. 등장인물들이 오가는 거리와 지역에 대한 명칭도 지금과 다르다는 점을 명심해야 한다.

사실 무엇부터 해야 하는지 열거하기 어려울 정도로 살펴봐야 할 것들이 많다. 이를 해결하기 위해서는 사서 같은 1차 사료와 논문, 도판 등을 보는 것이 많은 도움이 된다.

괜찮은 소재를 찾았다면

『조선왕조실록』을 비롯한 관련 사서들을 읽었다면 그중에서 흥미로운 소재를 몇 가지 골라보자. 인물뿐 아니라 직업이나 사건이어도 상관없다. 소재로서 가치가 있는 것을 찾아냈다면 그다음으로 봐야 할 것은 논문이다. 포털 사이트 네이버의 전문정보 카테고리에는 역사학과나 학회에서 발표된 논문들이 올라와 있다.

논문은 사서만큼이나 읽기 힘들지만 대신 군더더기 없이 전문적인 정보들을 볼 수 있다는 장점이 있다. 국회전자도서관에 가입하면 컴퓨터로 바로 볼 수 있는 논문도 있으며, 국립중앙도서관에 가면 웬만한 논문들은 다 출력할 수 있다. 사서와 논문은 단시간에 팩션을 쓸 수 있을 만한 수준으로 올려줄 수 있는 지름길이다.

사서와 논문을 통해 어느 정도 지식을 쌓았다면 그다음에 향할 곳은 박물관이다. 조선 시대를 보고 싶다면 서울역사박물관이나 국립고궁박물관, 국립민속박물관을 가보고, 백제 시대를 보고 싶다면 한성백제박물관을 가보는 거다. 박물관은 알찬 기획 전시들이 많아서 관련 지식들을 쌓는 데 큰 도움이 된다.

최근에는 사진 촬영도 허용하기 때문에 필요한 것은 사진으로 촬영한 후에 나중에 정리하면 머릿속에 잘 남는다. 게다가 영상이나 미니어처 등을 통해 해당 시대를 보여주는 경우가 많아 글을 쓸 때 이미지를 떠올리는 데 도움이 된다. 또 박물관에 있는 도판이나 도록은 해당 시대의 복식이나 지역에 관한 세밀한 정보들을 제공해준다.

얼마만큼 글에 담길지는 모르지만 알고 있는 것과 모르는 것에는 큰 차이가 있다. 서울 지역의 박물관들은 대개 궁궐 안에 있거나 근교에 있다. 반나절 정도는 자료 조사를 하고 해당 시대에 푹 빠져 지내는 것도 글을 쓰는 데 큰 도움이 된다.

박물관까지 섭렵했다면 그다음으로 볼 것은 해당 시대 사람들이 쓴 문집과 국가에서 발행한 책들이다. 해당 시대를 살았던 사람이 쓴 기록은 후대에 윤색과 가공을 거쳐서 나온 글들보다 자료로서의 가치가 훨씬 높다. 팩션에 쓸 적당한 주제를 찾았다면 그것과 관련된 글을 보면 큰 도움이 된다. 예를 들어서 조선 시대 범죄와 관련된 이야기를 쓴다면 법의학 서적이라고 할 수 있는 『신주무원록』을 보면 된다. 이런 과정을 거치면 다양한 시선으로 소재를 탐색하고 입체적인 캐릭터를 구축할 수 있으며, 이야기의 심도가 달라진다.

한 가지 더 해야 할 것은 역사 관련 세미나에 참석하는 것이다. 역사학을 공부하는 방법은 대학에서 전공하는 것이 다가 아니다. 역사학 관계자들이 모여서 만든 학회는 보통 분기마다 세미나를 개최하고 투고받은 논문들을 실은 학회지를 발간한다. 이런 학회들은 관계자만 참석하는 걸로 오해하는데 사실 아무나 참석할 수 있다. 회비를 내고 회원으로 가입하면 학회지도 받아볼 수 있다. 논문을 발표하는 세미나에는 꼭 가보라고 권하고 싶다. 아는 사람이 없어서 민망할 수도 있지만 얻게 되는 지식의 양 자체가 다르다. 세미나가 끝난 후에 질문할 기회가 주어지기 때문에 의문점을 풀기도 좋다.

아울러 역사문제연구소 같은 곳에서는 일반인들을 위한 강연이나 답사를 자주 진행한다. 전문가와 함께하는 답사는 현장을 보면서 즉석에서 토론과 질문이 가능하기 때문에 짧은 시간에 많은 지식을 쌓을 수 있다. 특유의 지역성도 느낄 수 있고, 글을 쓰면서 발생할 수 있는 뜻밖의 실수를 막을 수도 있으므로 답사도 틈틈이 가는 게 좋다.

예를 들어 갑신정변 당시 김옥균이 고종을 함께 피신한 경우궁은 창덕궁 바로 옆에 있다. 현장을 둘러보지 않으면 피난을 갔으니까 막연히 멀리 떨어져 있을 거라고 생각할 수 있다. 물론 이런 과정들을 다 거치려면 몇 년 동안 적지 않은 비용과 시간을 들여야만 한다. 하지만 결과물에는 시간 낭비라는 것이 없다. 결국 작가가 본인의 시간을 어떻게 쓰느냐에 따라 글의 질이 달라지기 때문이다.

튼튼한 서사를 만드는 방법

소재 발굴과 자료 조사가 끝났다면 그다음에 해야 할 것은 서사를 만드는 것이다. 좋은 소재를 발굴하고 자료 조사에 충실했다 하더라도 서사가 뒷받침되지 않으면 좋은 이야기를 쓸 수 없다. 팩션만이 가지고 있는 고유의 특징들을 이해하고 파악하는 것은 좋은 팩션을 쓰는 지름길이다. 이야기를 건물에 비유한다면 서사는 골조에 해당된다. 아무리 멋진 건물이라고 해도 골조가 튼튼하지 않으면 무용지물이다. 마찬가지로 서사에 대한 충분한 이해와 준비 없이 무작정 팩션을 쓴다면 실패할 확률이 높다.

팩션은 단어와 단어의 결합인 문장을 통해서 독자들에게 감동과 재미를 안겨준다는 소설 본연의 목표를 공유한다. 다만 어떤 장치와 방법을 통해 이야기를 이끄냐에 따라 장르가 구분된다. 미스터리는 살인과 사건을 풀어가는 과정을 통해서 보여주고, 로맨스는 사랑을 통해서 구현한다. 팩션은 실제 역사와 가상의 이야기를 결합시키는 방식을 사용한다. 그 가상의 이야기에 작가의 역량과 선호도에 따라 미스터리가 들어갈 수도 있고, 로맨스가 들어갈 수도 있다. 기존의 역사소설이 역사 자체에 무게를 두었다면 팩션은 새로운 이야기나 다른 장르와의 결합을 통해 독자들에게 새로움을 선사하는 것이다.

소설이 가지고 있는 본질과 팩션이 가져야 할 본질에는 큰 차이가 없다. 단지 작가와 독자들의 선호도에 따라 어떤 루트를 택하고, 어떤 방식으로 재미와 감동을 주느냐가 차이점일 뿐이다. 따라서 팩션이 가져야 할 서사는 소설이 가져야 할 서사와 근본적인 차이는 없다. 다만 그 수단으로 '역사'를 택했기 때문에 나름대로의 절차를 거쳐 서사를 만들어야 한다.

좋은 서사를 만들기 위해서는 여러 가지 절차를 통해 검증을 해야만 한다. 가장 우선적으로 고려해야 할 것은 '사실성'이다. 기존의 역사소설보다 창작의 영역이 넓다고 해도 존재하지 않는 가상의 사건을 만들어내거나 역사를 왜곡해서는 안 된다. 어디까지나 실제 역사를 토대로 그 위에 창작의 영역을 쌓아 올려야만 한다. 드라마 〈대장금〉처럼 실존 인물을 다루지만 기록이 적은 경우 상상을 통해 빈 공간을 채워 넣거나, 위화도회군과 같은 역사적인 사건을 다룰 때 이야기의 중심에 가상의 인물을 설정해 이야기를 풀어가는 등의 방식을 써야 한다.

소재 선택에 있어 가장 중요한 것은 작가의 취향과는 상관없이 독자와 담당 편집자의 시선을 잡아야 한다는 것이다. 간혹 작가 자신이 좋아하거나 열중하는 소재를 막무가내로 들이미는 경우가 있는데, 자신이 좋아하는 것을 남들은 좋아하지 않을 수도 있다는 것을 인정해야 한다. 결국 팩션의 본질은 독자들의 즐거움을 충족시켜야 하는 것임을 기억해야 한다.

또한 사실성이라는 토대 위에 당위성을 제대로 부여해야 한다. 주인공이 왜 모험을 떠나 고생을 하고 악당과 싸우는지에 대해 독자에게 충분히, 그리고 합리적으로 설명해줘야 한다. 간혹 이 부분을 빼먹거나 건너뛰는 경우가 있는데 사실 이 단계에서 글의 성패가 절반쯤은 좌우된다. 사람에게도 첫인상이 중요한 것처럼 글도 첫인상이 상당히 중요하다.

서사를 제대로 전개하기 위해서는 독자들이 던지는 '왜?' 라는 물음에 합리적으로 대답할 수 있어야만 한다. 주인공이 어떤 목표를 향해서 가야 하고, 악당이 주인공을 막아서는 목적이 뚜렷해야 하는 것이다. 주인공이 아무 이유 없이, 혹은 제대로 된 설명도 없이 죽을 고생을 하면서 악당과 싸운다면 독자들은 쉽게 감정이입을 할 수 없다. 독자가 등장인물의 행동을 이해하지 못한다면 아무리 좋은 문장과 단어로 포장한다고 해도 이야기에 가까이 다가갈 수 없다. 글을 쓰기 전에 시놉시스를 써야 하는 것도 바로 이런 이유 때문이다.

팩션의 시작이 역사적 기록을 살펴보는 것이라면 서사의 시작은 주인공이 왜 그런 행동을 하는지 납득할 만한 이유를 부여해주는 것이다. 역사소설에서 주인공에게 주어지는 당위성에는 보통 국가와 군주를 향한 충성심이나 출생의 비밀, 부모나 가문의 복수 같은 것들이 있다. 하지만 팩션에서는 이런 당위성을 그냥 가져다 쓰면 안 된다. 새 술은 새 부대에 담으라는 속담처럼 팩션에서는 좀 더 새로운 당위성을 부여해야만 한다. 주인공 행동에 부여하는 당위성은 이야기를 진행시키는 열쇠가 되기도 하지만 반대로 주인공의 행동을 속박시키는 족쇄 역할도 함께하기 때문이다.

어떤 갈림길에 섰을 때 주인공은 고뇌할 수밖에 없다. 그때 주인공이 가지고 있는 신념과 주변 상황들이 어우러지면서 주인공이 어느 방향으로 갈지가 결정된다. 예컨대 주인공을 조선 시대 소방관인 멸화군으로 설정한다면 왜 멸화군이 되었는지 당위성을 부여하는 것이 서사의 시작이다. 억울한 누명을 쓴 아버지의 원한을 갚거나 어릴 때 불에 희생당한 누이동생에 대한 트라우마가 있거나, 자신이 범인으로 몰리면서 진범을 잡아야 하는 상황들을 만들어냄으로서 주인공이 멸화군이 될 수밖에 없는 당위성을 부여하는 것이다.

그다음으로 해야 할 것은 주인공의 대척점에 선 악당의 서사를 만드는 것이다. 보통 주인공의 서사에는 신경을 많이 쓰는 반면, 악당의 서사는 허술하게 처리하는 경우가 많지만 악당의 서사는 주인공만큼, 어쩌면 주인공보다 더 많이 신경을 써야 한다. 그래야만 주인공이 더 돋보인다.

〈스타워즈〉가 SF 영화의 전설이 된 것은 다스베이더의 존재 때문이다. 그래서 1, 2, 3편은 아예 다스베이더를 주인공으로 하고 있다. 배트맨이 빛나는 영웅이 된 것은 조커라는 희대의 악당 덕분이다. 주인공에 대한 설정은 소재를 찾는 것과 동시에 서사가 쌓여가기 때문에 만들기 쉬운 반면, 악당은 사악하거나 비이성적일 거라는 고정관념 때문에 성격을 설정하기가 더 어렵다. 다스베이더가 왜 제다이에서 시스가 되었는지, 조커가 평범한 악당에서 사이코패스 악당이 되었는지에 대한 이해와 설명이 없었다면 두 캐릭터는 물론 영화도 호평을 받지 못했을 것이다.

팩션도 마찬가지다. 악당의 이야기가 매력적이어야만 주인공이 돋보일 수 있고, 이야기 전체가 살아난다. 따라서 주인공과 악당의 설정은 6 대 4, 최소한 7 대 3 정도의 비중이 좋다. 악당은 주인공을 비추는 거울 같은 존재이기 때문에 대척점인 동시에 이야기를 끌어가는 중심축 중 하나이다. 필자 역시 습작한 글을 봐달라는 요청이 왔을 때 중점적으로 보는 것이 바로 악당에 관한 부분이다.

필자는 주인공 캐릭터를 만들면서 악당에 대한 구상을 함께한다. 주인공이 선한 인물이었다가 충격을 받고 복수를 하는 이야기로 간다면 충격을 주는 것이 악당이 할 일이다. 중요한 것은 악당이 왜 주인공에게 충격을 주느냐다. 인간적으로 감정이 상해서 그랬을 수도 있고, 돈이나 사랑 때문에 그런 행동을 할 수도 있다. 중요한 것은 '왜'라는 물음에 대해서 합리적이고 객관적인 대답을 해야 하는 것이다. 간혹 독자들이 자신의 의도를 따라오지 못한다고 투덜거리는 작가가 있다. 하지만 수백 페이지를 통해서 자신의 의도를 드러낼 수 있었음에도 독자들을 납득시키지 못했다면 그건 명백한 작가의 잘못이다. 극단적으로 얘기해서 소설은 주인공과 악당의 이야기일 수밖에 없기 때문이다.

여기까지 설정과 조합이 끝났다면 그다음에 할 것은 조연 캐릭터를 만드는 것이다. 주인공과 악당에 비해 중요도는 떨어지지만 이야기를 끌고가는 데 없어서는 안 되는 존재다. 거기다 팩션에서는 이들에게 한 가지 역할이 더 부여된다. 바로 시대적 배경과 상황을 보여주는 장치로서의 역할이다. 사극에서는 등장인물의 복식이나 장신구 같이 눈에 보이는 부분들로 시대적 분위기를 설명할 수 있다. 하지만 텍스트로만 승부해야 하는 소설에서는 불가능하다.

소설에서 주인공의 복식이나 장신구에 관해서 지나치게 세세하게 얘기하는 것은 이야기의 중심을 흐트러뜨린다. 거기다 주인공에게만 무게 중심이 쏠리면 이야기가 진행되지 않는 느낌을 줄 수도 있다. 따라서 주변에서 주인공에게 무게 중심이 쏠리지 않게 받쳐줘야 하는데 그 역할을 하는 것이 바로 조연들이다.

조연들은 다양한 모습으로 등장해야 한다. 주인공이 20대 청년이라면 조연은 40대 아저씨나 10대 소년의 모습으로 주인공 주변에 있어야 한다. 주인공을 부각시키는 동시에 현실감을 부여해야 한다. 또 조연은 주인공의 얘기를 충실히 들어줘야만 한다.

어떤 소설이든 착하고 정의로운 주인공은 갈등과 갈림길에 서서 수시로 시험대에 올라야만 한다. 시험대에 오른 주인공을 테스트하는 것이 바로 조연들이다. 사고를 치거나 혹은 갖가지 방법으로 일을 만들어서 주인공에게 끊임없이 고민거리를 던져주는 것이다. 예를 들어서 주인공이 절대로 사람을 죽이지 않겠다고 결심하고 있는 중이라면 절친한 친구가 악당의 손에 죽음으로써 그 결심을 흔들리게 하는 것이다.

그 밖에도 주인공이 차마 얘기하지 못하는 부분이지만 독자가 알아야 할 일들은 조연의 입을 통해 들려주기도 한다. 조연의 가장 중요한 임무는 바로 주인공이 너무 자주 등장해서 독자들이 느끼는 피로도를 줄여주는 것이다. 무겁고 딱딱한 분위기도 풀어주고, 앞으로 이야기가 어떤 방향으로 전개될지에 대한 정보도 전달해야 한다. 예를 들어서 주인공이 싸우러 갈 악당의 생김새라든지, 그리고 얼마나 흉악하고 무서운지 얘기해주면서 독자들로 하여금 다가올 싸움이 만만치 않을 것이라는 암시를 주는 것이다.

조연들은 자주 등장하지는 않는다고 해도 의외로 중요한 시점에 등장하거나 중요한 정보를 들려줄 수 있다. 따라서 지나치게 많이 치장할 필요는 없지만 그렇다고 빼놓을 수도 없는 존재들이다. 다른 소설도 마찬가지지만 팩션 역시 주인공과 악당, 그리고 조연이 서로를 제대로 받쳐주어야만 좋은 이야기가 될 수 있다. 조연은 주인공이나 악당보다는 가볍고 좀 수다스러운 존재로 만들어야 한다. 그러면서 조연의 죽음이나 고통이 주인공의 행동에 영향을 미칠 정도로 설정하는 것이 필요하다.

신 스틸러scene stealer는 영화뿐만 아니라 텍스트에도 필요하다. 팩션을 쓰는 작가들이 기본적으로 노려야 할 목표는 노벨문학상이 아니라 가독성이 뛰어난 페이지터너page turner 이기 때문이다. 독자들로 하여금 다음 페이지를 넘기게 만들어주는 힘은 잘 만들어낸 문장뿐만 아니라 속도감 있는 구성과 등장인물들의 매력이다.

팩션이 가지고 있어야 하는 것들, 로그라인과 가독성

어떤 장르든 나름대로의 규칙과 공식이 존재한다. 팩션을 비롯해서 최근의 장르소설에서 가장 두드러지게 강조되는 것이 로그라인Logline이다. 로그라인이란 한 줄 혹은 한 문장으로 줄거리를 설명하는 것을 뜻한다. 할리우드에서 작가가 자신이 구상한 영화 시나리오를 짧게 설명할 때 쓰는 방식이다. 극단적으로 얘기하면 시놉시스를 한 줄로 줄인 것인데 그 안에 이야기의 전개와 결말, 그리고 등장인물에 관한 얘기들이 들어가 있다.

예를 들면 영화 〈광해, 왕이 된 남자〉의 로그라인을 설명하자면 '광해군을 닮은 광대가 우연찮게 왕 노릇을 하게 되면서 겪는 이야기'다. 영화 〈역린〉은 '정조 암살 시도가 있었던 하루 동안 벌어진 이야기'라고 할 수 있다. 필자는 로그라인을 한 줄 카피라고 부른다.

사실 수천 단어로 이뤄진 소설의 내용을 한두 문장만으로 설명하는 것은 불가능에 가깝다. 그럼에도 영화 시나리오를 이렇게 간단하게 줄여서 설명하게 된 이유는 결국 영화를 만드는 제작자에게 어필하기 위해서다. 바쁜 제작자에게 두툼한 시나리오를 건네봤자 읽지 않을 게 뻔하기 때문에 일단 말로 설명할 수 있는 수준으로 줄이는 것이다.

로그라인을 듣고 흥미를 느낀다면 시나리오를 건네는 단계로 넘어간다. 장편소설의 분량이 점점 줄어들고 있는 것에서 알 수 있듯 독자들은 갈수록 긴 호흡의 소설들을 외면하는 경향이 있다. 또한 로그라인의 중요성은 대다수의 팩션 작가들이 신춘문예를 통해 등단하지 않는다는 점에서 더욱 부각된다. 따라서 로그라인을 통해 독자들의 시선은 물론 그 전에 원고를 검토할 편집자들에게 어필해야만 한다.

로그라인만큼 중요하게 생각해야 하는 것이 바로 가독성이다. 이정명 작가가 한 매체와의 인터뷰에서 이야기한 것처럼 문장을 중시하는 순문학과는 달리 팩션은 장르소설 쪽에 속하기 때문에 가독성이 중요하다. 물론 좋은 문장은 가독성을 높여주기도 하지만, 좋은 문장을 위해서 서사 이외의 것들을 넣다 보면 이야기가 늘어질 수 있다.

이처럼 팩션에서 문장력보다 가독성이 중요시되는 이유는 팩션의 특성 때문이다. 지나간 역사를 배경으로 하기 때문에 어쩔 수 없이 복식이나 장신구에 대한 설명을 추가할 수밖에 없다. 그런 설명들은 팩션의 분위기를 살리기 위해서 반드시 필요하지만, 이야기 전개상으로는 불필요한 부분이다. 따라서 그런 설명 부분에 문장을 돋보이게 하는 장치까지 덧붙이면 필요하지만 불필요한 부분이 더욱 늘어나게 된다.

가독성은 문장을 짧고 간단하게 처리함으로써 좋아지기도 하지만 속도감 있게 이야기가 진행되는 것으로 충족되기도 한다. 영화나 드라마처럼 장면이 전환되는 부분을 통해 이야기를 앞으로 밀고 나가는 것이다. 간혹 모든 부분을 세세하게 설명하고 이해시키기 위해 차곡차곡 이야기를 쌓는 경우가 있다. 세심한 설정을 보여줌으로써 독자에게 의문이 생기지 않게 하겠다는 자세는 좋지만, 자칫 이야기의 진행이 느려진다는 느낌을 줄 수도 있으므로 피해야 한다.

최근 장편소설의 분량이 줄어드는 것처럼 독자들이 점점 활자를 읽는 것을 기피하고 있다. 따라서 세상의 속도를 따라잡기 위해서는 어떻게 줄이느냐에 대해서도 고민을 해봐야 한다. 물론 지나치게 줄이다가는 설정에 오류가 생길 수도 있다. 따라서 일단 세세하게 집필을 한 후에 초고를 보면서 불필요한 부분들을 빼버리는 것이 좋다. 이런 식으로 계속 집필을 하다 보면 어느 부분의 이야기를 넣고 어디를 뺄지에 대한 노하우가 쌓이게 된다.

한때는 문장력을 키우기 위해 필사를 하는 이들이 많았다. 필자는 필사에 대해 부정적이지만, 만약 그런 과정을 통해서 배워야 할 게 있다면 문장이 아니라 어떤 식으로 장면을 전환해서 이야기를 끌고가는지에 대해서다.

문장은 사람마다 천차만별이겠지만 장면 전환은 어떤 장르든 일정한 규칙과 관성이 있다. 장면 전환이 가장 중요한 장르가 바로 추리소설이다. 범인을 쫓아야 하지만 범인은 가급적 늦게 공개되어야 한다. 팩션은 추리소설만큼이나 가독성이 중요하다. 특히 추리 기법을 차용한 팩션은 더더욱 그렇다.

사람들은 흔히 가독성이 좋으려면 문장이 아름다워야 한다고 생각하지만 문장과 가독성은 별다른 연관 관계가 없다. 문장이 좋다는 얘기는 필연적으로 등장인물의 내면에 관한 서술이 대부분이라는 의미인데, 이는 이야기의 진행과는 크게 연관이 없기 때문이다. 더군다나 문장력은 교육이나 학습을 통해 늘어나거나 좋아질 여지가 별로 없다. 한 사람이 구사하는 단어에는 그 사람의 가치관이 녹아 있기 마련인데, 그것이 단기간의 교육이나 학습을 통해서 변화할 가능성은 적다. 10만 자를 넘게 써야 하는 장편의 경우에는 더더욱 그렇다. 반면 문장을 간결하게 쓰거나 정리하는 것은 기술적인 부분이므로 경험이 쌓일수록 좋아질 수 있다. 이를 통해 문장이 좋아지는 것을 기대하는 것이 더 낫다.

그렇다면 가독성이 좋은 문장이란 무엇일까? 여러 가지 의견이 있을 수 있지만 일단 문장이 짧고 간결해야 한다.

따옴표와 접속사를 붙여가면서 몇 줄씩 길게 쓰는 문장은 읽기 힘들다. 특히 역사라는 무거운 소재를 다루고 있는 팩션은 짧고 간결한 문장으로 그 무게감을 덜어줘야 한다.

멋진 마무리를 위해

자, 이제 소재도 찾았고, 주인공과 악당, 조연들도 맛깔나게 제 역할을 해서 이야기는 잘 쓰여지고 있다. 쌓여가는 분량을 보면서 점점 창작열에 불타올라야 하지만 종반으로 갈수록 벽이 점점 다가오고 있다는 걸 느끼게 될 것이다. 바로 마무리를 해야 한다는 압박감이다.

아무리 시놉시스를 완벽하게 짜놓고 시작한다고 해도 분량이 쌓이기 시작하면 얘기가 달라진다. 서사라는 골조를 아무리 잘 만들어놔도 이야기라는 벽돌을 차곡차곡 쌓다 보면 슬슬 고민이 찾아오기 마련이다. 거기다 원래 생각한 결말을 유지한다고 해도 그 앞에 터트릴 반전에 대한 고민은 깊어질 수밖에 없다.

이야기를 더 좋게 쌓을 수 있는 고민이라면 행복하겠지만 반대로 쌓은 모양이 예쁘지 않다면 처음부터 다시 쌓아야 한다는 고민에 빠질 수 있다. 그런 고민과 번뇌가 쌓이다 보면 글을 쓰는 게 싫어지고 무서워진다. 그때가 되면 운동선수나 겪는다는 슬럼프가 나에게도 찾아올 수 있다는 것을 뼈저리게 느낀다.

글을 많이 쓴 작가들도 슬럼프에 빠지는데 보통은 애초 계획한 대로 이야기가 진행되지 않을 때 이런 증상을 겪는다. 이렇게 고민을 하는 이유는 애초 계획보다 더 멋진 결말과 반전을 줄 수 있다는 근거 없는 희망 때문이다. 지금까지 고생해서 끌고온 이야기에 걸맞는 멋진 결말로 가기 위한 반전이 어딘가에 존재하고 있을 거라는 희망 말이다.

그 희망이라는 것은 반은 맞고 반은 틀리다. 서사를 만들고 이야기를 끌고가다 보면 애초 구상한 것보다 더 디테일한 글이 나오게 된다. 그러면 원래 생각했던 것과 다른 결말이 떠오르게 마련인데, 문제는 선명하게 떠오르지 않는다는 것이다. 거기다 새로운 결말로 가기 위해서는 또 다른 반전을 구상해야 한다. 애초에 착한 걸로 설정했던 조연의 성격을 바꿔야 한다든지, 주인공이 죽는 걸로 끝나는 결말을 뒤집어야 하는 번거로움이 생긴다.

앞에서 얘기한 소재를 찾고 자료 조사를 하는 방법, 그리고 등장인물을 어떻게 창조할 것인가에 대해서는 얘기해줄 만한 데이터가 어느 정도 있다. 하지만 어떤 결론이 좋은지, 그러기 위해서는 어떤 반전을 준비해야 하는지에 대해서는 따로 해줄 얘기가 없다. 워낙 변수들이 많고 작가의 의도가 많이 묻어 나오는 부분이기 때문이다.

창작의 신이 있다고 해도 섣불리 얘기해줄 수 없는 부분이 결말과 반전 부분이다. 다만 자신의 직감을 믿으라는 말을 해주고 싶다. 고민한다고 해도 결국은 어느 한쪽으로 마음이 기울어질 수밖에 없다. 바로 그 직감을 믿고 글을 써야만 한다.

『조선변호사 왕실소송사건』 창작 사례

애초부터 팩션을 쓰고자 하는 작가는 별로 없다. 실제로 앞서 소개한 작가들 중에도 다른 장르로 시작한 경우가 적지 않다. 그렇다면 왜 작가들은 팩션을 쓸까?

작가가 글을 쓰는 것은 다양한 이유와 욕구 때문이다. 그 중에서도 자료 조사와 소재 발굴이 비교적 어려운 팩션에 도전하는 이유는 아마도 '지적 호기심 충족'이 가장 주효할 것이다. 역사적 지식과 소양을 갖추게 되면 그걸 토대로 글을 써보고 싶고, 그에 따라 기존의 것과 다른 스타일의 역사소설에 도전한 결과물이 바로 팩션인 셈이다.

기술적인 장점도 존재한다. 다른 장르에서는 소재만으로는 한 편의 이야기로 바로 이어지지는 않는다. 캐릭터 구축을 비롯해서 세부 요인들에 대한 설정을 추가해야 한다. 하지만 팩션은 소재 자체에서 이야기와 캐릭터를 구축할 수 있다. 현실이 주는 무게감과 재미가 만만치 않기 때문이다. 또한 소재 발굴과 자료 조사를 병행할 수 있다는 점도 장점으로 꼽을 수 있다.

물론 이런 장점들은 소재를 자유자재로 찾을 수 있는 수

준까지 올라갔을 때 누릴 수 있다. 팩션을 쓰기 위해서는 앞에서 설명했던 소재 발굴과 자료 조사, 등장인물 구상 같은 단계들을 거쳐야 한다. 사실 등장인물의 구상이나 서사 전개는 여타 장르와 다를 바가 없기 때문에 따로 살펴볼 필요는 없지만, 팩션의 재미는 자료 조사 단계에서 결정된다는 점을 반드시 기억해야 한다.

팩션을 쓰기 위해 필요한 것이나 주의사항들은 이미 앞에서 언급했다. 지금부터는 좀 더 쉽게 팩션을 쓸 수 있는 방법들에 대해 살펴보도록 하자. 모든 일이 그러하듯 팩션을 쓰는 데에도 지름길은 없다. 많이 보고 많이 쓰고, 많이 고민하는 것이 가장 완벽한 해답이다. 오랫동안 갈고닦으면 노하우가 생기기 마련이다.

필자가 쓴 『조선변호사 왕실소송사건』의 집필 과정을 통해 한 편의 팩션이 어떻게 완성되는지 보다 자세히 살펴보도록 하자.

2016년 1월, 은행나무 출판사에서 출간한 『조선변호사 왕실소송사건』은 약 3년간의 자료 조사와 집필 과정을 거쳤다. 이야기의 중심축인 외지부에 대해 알게 된 것은 2013년 무렵이었다. 『조선왕조실록』을 살펴보던 중 노비를 둘러싼 소송에서 외지부가 맹활약했다는 것을 알게 된 것이다. 관련 자료들을 모아서 같은 해 출간된 역사교양서인 『조선백성실록』(북로드, 2013)과 다음 해에 나온 『조선직업

실록』(북로드, 2014)에 소개했고, 소설로 집필하기 위해 추가로 자료를 모았다.

외지부는 조선 시대에 활동했던 법률 대리인으로 주로 송사를 대리하는 역할을 했다. 요즘과 마찬가지로 조선 시대의 소송은 절차가 아주 복잡했으며, 고소인이 직접 진술해야 하는 어려움이 있었다. 따라서 소송을 돕는 외지부가 자연스럽게 등장했는데, 좀 더 쉽게 말해 외지부는 조선 시대에 활동했던 변호사라고 할 수 있다. 따라서 조선 시대라는 익숙한 시대적 배경에 누구나 알고 있는 변호사라는 이미지를 대입시킬 수 있었다.

최근의 팩션에서는 일반 독자들이 쉽게 알 만한 이야기나 익숙한 캐릭터들을 활용하는 사례가 늘고 있다. 대표적인 것이 실학자로 알려진 정약용에게 명탐정이라는 이미지를 심어준 것이다. 정약용이 명탐정으로 등장한 소설은 2006년 발표된 김상현의 『정약용 살인사건』과 같은 해에 발표된 오세영의 『원행』, 그리고 소설가 이수광이 2011년에 발표한 『조선의 명탐정 정약용』 등이 있다. 이런 흐름은 영화로도 이어졌는데 오세영의 『원행』을 원작으로 한 〈정조 암살 미스터리 - 8일〉이 2007년 채널 CGV에서 방영되었고, 2011년에 개봉한 영화 〈조선명탐정 - 각시투구꽃의 비밀〉과 후속편인 〈조선명탐정 - 사라진 놉의 딸〉에 등장한 주인공 역시 정약용을 연상시킨다.

이런 측면에서 보자면 조선 시대에 활약한 변호인이라는 타이틀은 최근의 추세에 맞는 주제라고 할 수 있다. 더군다나 변호인이라는 직업의 특성상 미스터리한 사건들을 접할 수 있기 때문에 더더욱 매력적이었다. 곧바로 자료 조사를 하고 소설을 쓰려던 찰나, 뜻하지 않은 복병을 만났다. 한국콘텐츠진흥원에서 주최한 2011년 스토리 공모대전에서 최향미, 권기경 두 작가가 공동으로 집필한『조선변호사』라는 작품이 대상을 받았다는 사실을 확인한 것이다. 시놉시스를 확인해보진 못했지만 뉴스에 보도된 내용은 필자가 초반에 기획한 것과 매우 유사했다. 따라서 외지부에 대한 소설을 쓰겠다는 계획은 수포로 돌아가고 말았다. 그렇게 머릿속에서 외지부라는 존재가 지워질 찰나 새로운 기회를 얻게 된다.

역사실학회에서 주최한 세미나에 참석했다가 우연찮게 하의삼도의 토지 분쟁에 대해서 알게 된 것이다. 정명공주의 혼수로 하의삼도의 수조권이 홍주원에게 넘어가면서 무려 300년이 넘게 수탈에 시달린 백성들이 소송을 제기한 사건이었다. 정명공주라면 엄연히 왕실의 일원인데 일개 백성이 소송을 제기한다는 것도 믿어지지 않았고, 그런 수탈과 소송이 300년이 넘게 이어졌다는 것에도 충격을 받았다. 『조선왕조실록』에서도 하의삼도 주민들이 한양으로 대표자를 보내서 억울함을 호소하며 한성부에 풍천 홍씨 집안을 제소한 것을 확인할 수 있다. 또한 하의삼도에 전해지는 정명공주와 관련된 민담 역시 확인할 수 있었다.

선조의 딸인 정명공주는 어릴 때부터 몸이 약해서 큰 병을 앓았다. 아버지의 정성 어린 간호에도 불구하고 결국 몸이 구부러지는 병을 얻게 되었다. 이런 딸을 안타깝게 여긴 선조는 사윗감을 찾기 위해 수소문을 한다. 하지만 정명공주의 병을 알고 있던 양반들은 하나같이 혼사를 거절했다. 급기야 선조는 정명공주와 혼인을 하면 삼도를 하사하겠다는 방을 내건다. 그러자 홍주원이라는 인물이 찾아와 혼인을 하겠다고 나선다. 사실 홍주원이 욕심을 낸 것은 삼도, 즉 전라도와 경상도, 그리고 충청도였다. 하지만 선조가 주겠다고 한 삼도는 전라도 나주 앞바다에 있는 상태도와 하태도, 그리고 하의도를 합친 삼도였던 것이다. 결국 홍주원은 삼도를 혼수로 받는 것으로 만족해야 했다.

사실 이 민담은 시대상부터 인물 관계까지 맞는 것이 거의 없다. 정명공주는 선조가 죽고 어머니인 인목대비와 함께 유폐되어 있다가 인조반정 이후 비로소 혼인할 수 있었다. 그리고 정명공주가 병을 앓았다는 기록도 찾아볼 수 없다. 하지만 이 설화를 통해 하의삼도의 토지 분쟁이 얼마나 깊은 원한을 가지고 있는지 짐작할 수 있다.

신분 질서가 엄격했던 조선 시대에 일반 백성이 종친을 고발했다는 것과 토지를 되찾기 위한 과정이 무려 300년

넘게 이어졌다는 사실은 독자의 흥미를 끌 만한 소재였다. 아울러 외지부라는 존재가 변호사 내지는 법적 대리인이라는 것과 묘하게 맞아떨어졌다.

이렇게 하의삼도 주민들의 대표자가 한양으로 올라와서 풍천 홍씨 집안을 상대로 소송을 벌이고, 이 과정에 정의로운 성격의 외지부가 개입해서 온갖 위기를 넘긴 끝에 성과를 거둔다는 기본적인 설정이 완성되었다. 만약 외지부라는 직업에 대한 정보만 가지고 있었다면 완성되지 않았을 이야기였다. 이후 수많은 수정과 변화를 거쳤지만 대략적인 이야기의 윤곽은 자료를 조사할 때 나왔다.

이후 관련 논문들을 조사하면서 이야기를 확장시킬 만한 토대를 마련했다. 주인공인 외지부 주찬학과 하의도에서 올라와 그에게 도움을 요청하는 윤민수 일행의 캐릭터도 이때 완성되었다. 하지만 순조롭던 조사와 준비는 조선 후기 토지제도와 소송 절차에 접어들면서 암초에 부딪히게 되었다. 해당 시대에 대한 폭넓은 이해와 기초 지식이 없는 상태에서 복잡한 용어를 마주하게 된 것이다. 물론 이런 문제는 대다수의 작가들이 겪는 문제일 것이다.

다행히 이 문제들에 대해 잘 설명해둔 단행본들을 구하면서 위기를 넘길 수 있었다. 특히 『조선의 일상, 법정에 서다』(한국고문서학회 지음, 역사비평사, 2013)와 외지부의 활동에 대한 논문들이 큰 도움이 되었다. 이러한 과정을 거치면서 시놉시스가 나올 만큼의 이야기를 만들어내는 데 성공했으며, 이것을 토대로 출판사와 계약을 하게 되었다. 2014년에는 한국콘텐츠진흥원의 스토리 완성화 지원 사업에도 선정되었다. 그해 연말, 한국콘텐츠진흥원에서 주최하는 스토리마켓 행사에 피칭 작품으로 선정되면서 드라마와 영화 제작자들 앞에서 작품에 대해 설명하는 자리를 가지기도 했다.

이 모든 것이 외지부와 하의삼도 토지 분쟁이라는 역사적 사실, 그리고 그 두 가지를 연결하는 상상력을 팩션으로 만들어낸 결과였다. 독자들에게 익숙한 조선이라는 시대를 배경으로 삼고, 흔히 그 시대에는 없었을 거라고 생각하는 변호인이라는 직업을 부각시켜서 흥미를 끌 수 있다고 생각했다. 익숙함 속에서 발견한 낯섦이야말로 호기심을 끌 수 있기 때문이다.

아울러 스토리공모대전 수상작인 『조선변호사』는 여러 가지 루트를 통해 확인해본 결과 외지부인 주인공이 모종의 사건을 해결하는 이야기로 확인되었다. 대다수의 작가들이 외지부의 존재로 소설을 쓰게 된다면 비슷한 형태가 될 것이 분명했다. 따라서 외지부의 존재에 하의삼도의 토지 분쟁을 결합시키면 색다른 이야기가 나올 것이라고 생각했고, 실제로 주변 작가들과 출판 관계자들에게 들려준 결과 호의적인 반응을 얻었다.

필자가 자료 조사 과정에서 가장 애를 먹은 것은 조선시대 법정의 모습이었다. 소설은 등장인물들을 통해 사건을 전개시켜야 하기 때문에 구체적인 과정이 필요했지만, 대부분의 자료는 문헌 해석과 절차에 대해서 설명할 뿐이었다. 결국 여러 가지 자료들을 조합해가면서 원하는 자료를 만들어냈다. 이때 가장 큰 도움이 된 책은 『관아를 통해서 본 조선시대 생활사』(안길정 지음, 사계절출판사, 2000)로 법정의 전체적인 모습을 유추할 수 있었다.

이처럼 자료 조사는 어찌 보면 집필보다 더 어려운 과정이라고 할 수 있다. 원하는 자료를 찾는 데에는 다양한 방법이 있지만 가장 중요한 것은 사실에 근거해야 한다는 점이다. 2013년에 시작된 자료 조사는 다음 해 대략 마무리되었고, 2015년 상반기에 원고가 완성되었다. 이후 원고 수정 과정을 거쳐서 2016년 1월에 출간했다.

작가가 한 편의 소설을 구상하고 완성하는 과정은 지극히 개인적이고 주관적인 방식으로 이뤄진다. 또한 작가들의 창작 과정은 매우 불규칙하고 충동적인 경우가 많다. 필자의 첫 번째 장편소설도 시작 부분과 끝 부분만 설정하고 시놉시스 없이 집필을 시작해서 원고지 2,000매 분량으로 끝낸 바 있다.

역사소설, 특히 팩션은 소재 선정이 굉장히 중요하다. 잘 알려진 역사는 식상하다는 평가를 받지만, 알려지지 않은 역사는 독자의 흥미를 끌 수 없기 때문이다. 이처럼 이율배반적인 상황이 나타난 이유는 역사에 관심이 많은 성인 남성들이 팩션을 읽는 주요 독자층이기 때문이다. 독자들은 팩션을 통해서 역사적인 지식과 그 밖의 지적 호기심이 충족되기를 원한다. 따라서 『다빈치 코드』처럼 잘 알려진 역사적 사실을 다루되 그것을 뒤집을 만한 가설을 제기하거나, 생소한 소재라면 독자들이 기존에 잘 알고 있는 역사적 사실을 전면에 내세워야 한다.

예를 들어 이완용을 비롯한 친일파들이 일본과 손을 잡고 고종을 독살했다는 주장은 예전부터 제기되어왔다. 따라서 이 자체로는 출판사나 독자들의 흥미를 끌지 못한다. 또한 소설을 읽는 독자들에게 전달할 메시지도 명확하지 않고, 무엇보다 책을 읽고 나서 카타르시스를 느낄 만한 요소도 없다. 하지만 이 이야기에 독립운동가 이회영이라는 인물을 등장시키면 얘기가 달라진다. 필자는 『이회영 평전』을 읽던 중 그가 고종을 상해로 탈출시킬 계획을 진행했다는 부분을 발견했다. 여기에 고종의 죽음을 계기로 일어난 3·1운동이라는 역사적 사실을 결합시켜서 〈고종황제 암살 사건〉이라는 시놉시스를 쓴 바 있다.

고종의 상해 망명을 추진하기 위해 은밀히 조선에 잠입하는 이회영. 그리고 그가 조선에 들어온 사실을 눈치채고 추격에 나서는 일본 고등계 형사. 그 와중에 왕위에서 물러나 창덕궁에 유폐된 고종은 조선의 독립을 위해 상해로 탈출할 계획을 은밀히 진행한다. 각기 다른 계획들이 서로 충돌하면서 문제가 점점 복잡해지는 가운데, 드디어 고종은 창덕궁을 탈출해서 상해로 건너갈 것을 결심한다.

고종이 탈출을 결행하기로 한 날, 이 사실을 알게 된 일본 고등계 형사는 창덕궁으로 향하고, 그 와중에 이완용을 비롯한 친일파는 일본의 조선 지배에 방해가 되는 고종을 독살하기 위한 계획에 착수하게 된다. 이런 계획들이 복잡하게 충돌하면서 이야기는 결론을 향해 질주한다.

물론 고종의 죽음이라는 역사적 사실을 훼손할 수는 없기 때문에 탈출 계획은 실패로 돌아갈 수밖에 없다. 하지만 3·1운동이 이 일과 밀접한 연관이 있다는 식으로 마무리한다면 실제 역사를 훼손하지 않는 선에서 정리할 수 있다. 이런 형태의 시놉시스는 독자들에게 이회영이라는 인물의 진정성과 고종이 무능하고 나약하지만은 않았다는 점을 부각시켜줄 수 있다.

'왜'라는 질문에 답하기

장르를 떠나서 글을 쓸 때 가장 고민해야 하는 것은 독자들의 '왜?'라는 물음에 답하는 것이다. 작가는 자신이 창작하는 소설 속에서 전지전능한 조물주와 같다. 주인공이 어떤 생각을 하는지, 어떻게 행동할지에 대해서 속속들이 알고 있다. 그리고 악당이 왜 주인공을 괴롭히고, 못살게 구는지도 알고 있다. 하지만 텍스트를 통해서 이야기를 접하는 독자들은 작가가 등장인물들의 의도를 제대로 설명하지 않고 넘어갈 경우 혼란에 빠질 수밖에 없다.

추리소설의 중요한 법칙 중 하나는 작가와 독자가 공정해야 한다는 것이다. 작가가 알고 있는 정보를 독자도 알고 있어야 미스터리를 잘 풀 수 있기 때문이다. 팩션도 마찬가지다. 처음부터 너무 친절하게 알려줄 필요는 없지만 어느 정도 보조를 맞추는 게 중요하다.

그런 밀고 당기기를 가장 잘하는 작품이 바로 영화 '007 시리즈'다. 영화가 시작되면 주인공의 능력치를 알 수 있는 활약상을 보여주고, 그다음에는 미션이 주어진다. 그것이 얼마나 어려운 일인지, 또 그것을 해내기 위해 필요한 장비들을 Q가 알려준다. 악당은 나름대로의 신념과 목적을 가지고 행동한다. 악당이 얼마나 힘이 세고 잔인한지는 007이 활약하기 전에 보여준다. 임무를 받은 007은 적진에 잠입해서 정보를 캐내는 동안 위기를 겪지만 자신의 능력과 장비의 도움으로 잘 헤쳐나간다.

반세기가 넘도록 '007 시리즈'가 나올 수 있었던 것은 이런 공식들을 충실하게 지켜왔기 때문이다. 팩션이 이 공식을 그대로 따라갈 필요는 없지만 독자들과 교감할 장치로서 반드시 참고해야 한다. '007 시리즈'는 주인공과 악당, 그리고 주인공의 주변인물들이 왜 그런 행동을 하는지 명확하게 보여준다. 또한 그런 행동의 결과들이 모여서 영화의 마지막을 장식한다. 영화를 봐도 기억에 남는 것이 없다는 평도 있긴 하지만 적어도 영화를 보는 도중에는 주인공이나 악당의 행동에 대해 의문을 갖지 않는다.

저자의 의도를 어느 정도 담아내야 하는지는 작가의 선택에 달려 있지만 적어도 독자가 등장인물의 행동에 의문을 품어서는 안 된다. 주인공이 겪는 일은 일반인들이 경험하지 못하는 것들이다. 따라서 시작부터 독자가 의문을 품으면 설득력을 얻기 힘들다. 식상하다는 비난에도 불구하고 드라마에서 출생의 비밀이 반복해서 사용되는 것도 이런 이유 때문이다. 소재를 찾고 주인공을 설정할 때 반드시 먼저 생각하고 넘어가야 하는 부분이다. 이 부분을 제대로 설정하지 못하면 팩션을 쓰는 내내 불협화음이 들려올 것이다.

마지막으로 재미를 위한 수단으로 역사를 볼 것이 아니라 명확한 주제 의식을 가지고 접근해야 한다는 점을 강조하고 싶다. '왜?'라는 물음이 주인공을 향하는 것이라면 주제 의식은 작가에게 향한다. 단순히 재미있는 얘기를 들려주고 명성을 얻어서 돈을 벌겠다는 생각으로는 작가로 성공하기 힘들다. 직장 생활에서도 집념과 승부욕, 확실한 목적의식을 가진 사람만이 임원으로 승진하고 끝까지 살아남는다. 작가의 길 역시 마찬가지다.

왜 글을 쓰는지에 대한 물음에 만족할 만한 대답을 하지 못한다면 오랜 준비 과정과 가혹한 창작의 시간을 견디지 못할 것이다. 글을 쓴다는 것은 끊임없이 자신을 시험대에 올리는 것과 같다. 스스로를 조금만 불신해도 시험에서 탈락하고 만다. 믿음이 부족하기 때문에 조급하게 결과를 바라게 되고, 결국 원하는 것을 얻지 못하기 때문이다. 첫 작품이 베스트셀러가 된 작가도 몇 년간의 준비와 습작 과정을 거친다. 이런 작가들의 인터뷰에서 진중함과 신중함이 묻어나는 것은 치열하게 준비하고 도전했던 시기가 있었기 때문이다.

사실 팩션의 기술적인 부분은 이런 마음가짐에 비하면 별로 중요하지 않다. 극복하고 이겨내겠다는 마음이 있어야만 기술적인 부분에 눈을 뜨기 때문이다. 글쓰기는, 특히 오랜 준비와 자료 조사를 해야 하는 팩션은 인생과 닮았다. 인내하고 준비하면서 차분하게 기다려야만 결과를 얻을 수 있다. 그런 준비 과정을 통해 왜 팩션을 써야 하는지에 대한 물음에 스스로 명확한 대답을 할 수 있어야 한다. 그래야만 팩션을 완성할 수 있다.

팩션을 쓰는 데 도움이 되는
자료 및 책

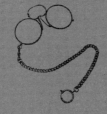

인터넷 사이트

삼국사기 완역본 – 네이버 지식백과

네이버에 '삼국사기'라는 검색어를 넣으면 바로 나온다. 고구려와 신라, 백제 본기와 열전 등을 볼 수 있다. 분량이 많지 않기 때문에 쉽게 읽을 수 있다.

삼국유사 완역본 – 네이버 지식백과

역시 네이버에 '삼국유사'라는 검색어를 넣으면 바로 볼 수 있다. 일연이 지은 책으로 불교 관련 설화와 전설들을 읽을 수 있다. 『삼국사기』와 함께 읽으면 삼국 시대를 배경으로 한 팩션을 쓰는 데 큰 도움이 된다.

국역 고려사 − 네이버 지식백과

네이버에 '국역 고려사'를 검색하면 볼 수 있다. 「세가」, 「지」, 「열전」으로 나눠져 있다. 분량이 제법 많기 때문에 관심이 있는 시대의 「세가」와 그 시대를 산 인물의 「열전」 중심으로 보면 된다.

조선왕조실록 sillok.history.go.kr

조선왕조실록은 별도의 사이트가 있다. 포털사이트에서 조선왕조실록을 치면 바로 뜬다. 분량이 방대하기 때문에 검색어로 보는 경우가 많지만, 가급적이면 많이 보는 게 좋다. 많은 작가들이 조선 시대를 배경으로 팩션을 썼지만 아직도 발굴되지 않았거나 소개되지 않은 사건과 자료들이 많이 남아 있다.

한국사 데이터베이스 db.history.go.kr

국사편찬위원회에서 서비스하고 있다. 삼국 시대부터 일제강점기, 이승만 시대까지 방대한 자료들을 볼 수 있다. 삼국 시대부터 조선 후기까지라면 해당 시대의 관찬사서와 함께 보면 되고, 그 이후라면 신문이나 잡지, 혹은 통감부나 총독부 문서들을 통해 해당 시대를 엿볼 수 있다.

네이버 뉴스 라이브러리 newslibrary.naver.com

실록 같은 관찬사서들을 볼 수 없는 일제강점기에는 신문
이 그 역할을 대신한다. 검색어를 넣거나 날짜를 직접 입력
하면 된다. 또한 신문에 실린 광고를 통해 그 시대의 모습
을 엿볼 수 있다.

박물관

국립중앙박물관

역사에 관심이 있다면 꼭 가봐야 하는 박물관. 중앙박물관
이라는 명칭답게 가장 규모가 크고 다양한 유물들이 전시
되어 있다.

대한민국역사박물관

주로 근현대사를 다루고 있다. 광화문 광장 옆에 있어서 경
복궁을 둘러보고 살펴보면 좋다.

서울역사박물관

경희궁 옆에 있는 박물관으로 서울의 옛 모습을 전시해놓
은 곳이다. 2층부터 볼 수 있는 상설전시도 알차고, 1층에
서 하는 기획전시도 볼 만한 것들이 많다. 1층 기획전시관

맞은편에 있는 도서관과 기프트샵에서는 서점에서는 판매하지 않는 도록들도 볼 수 있다.

국립민속박물관

경복궁 안에 있는 박물관. 대개 경복궁만 둘러보고 이곳은 그냥 지나치는 경우가 많다. 이름 그대로 우리나라 민속을 살펴볼 수 있는 유물들이 전시되어 있다. 지하에서는 자격루를 복원한 모형과 고종이 타던 자동차를 볼 수 있다.

중명전

정동에 있는 중명전은 을사늑약이 체결된 역사적인 장소로 현재 전시관으로 복원되어 사용 중이다. 을사늑약 체결 당시의 모습을 볼 수 있다. 1층만 개방되어 있고, 규모가 크지 않기 때문에 덕수궁이나 정동에 갔다가 둘러보는 것이 좋다.

읽을 만한 작품들

『다빈치 코드』 댄 브라운 지음, 안종설 옮김, 문학수첩, 2013

국내에 팩션이라는 장르를 본격적으로 소개한 작품. 기독교를 둘러싼 음모론을 주제로 다루고 있다. 출간 당시 엄청난 반향을 일으켰고, 영화로도 만들어졌다. 음모론을 주제로 팩션을 쓸 때 반드시 참고해야 할 작품이다.

『뿌리 깊은 나무』 이정명 지음, 은행나무, 2015

드라마로도 유명한 팩션. 세종대왕의 한글 창제를 둘러싼 미스터리를 다루고 있다. 『다빈치 코드』 같은 해외의 팩션을 국내 실정에 맞게 잘 녹여냈다. 『다빈치 코드』가 팩션을 한국에 소개했다면, 『뿌리 깊은 나무』는 팩션이 하나의 장르로서 완벽하게 자리 잡게 만들어줬다.

『별을 스치는 바람』 이정명 지음, 은행나무, 2012

『뿌리 깊은 나무』만큼 유명하지는 않지만 이정명의 대표작이라고 할 수 있다. 시인 윤동주의 죽음을 둘러싼 비밀을 주제로 하고 있다. 근대사를 주제로 한 미스터리를 쓸 때 참고해야 할 작품이다.

『불로의 인형』 장용민 지음, 엘릭시르, 2014

『건축무한육면각체의 비밀』을 쓴 장용민 작가의 대표작. 진시황의 불로초를 둘러싼 역사적 비밀을 추적하고 있다. 한중일을 오가는 스케일이 돋보인다. 팩션은 아니지만 장용민의 『궁극의 아이』도 참고 삼아 읽어볼 만하다.

『방각본 살인사건』 김탁환 지음, 민음사, 2015

『불멸의 이순신』이라는 작품으로 잘 알려진 김탁환 작가의 '백탑파 시리즈'의 첫 번째 작품이다. 홈즈와 왓슨을 연상시키는 김진과 이명방이라는 가상의 캐릭터와 실존인물들인 실학자들이 등장해서 사건을 풀어간다. 미스터리 팩션의 교과서적인 작품이다.

『열녀문의 비밀』 김탁환 지음, 민음사, 2015

'백탑파 시리즈'의 두 번째 작품으로 김진과 이명방이 등장한다. 우리나라 역사와 미스터리를 어떤 방식으로 결합하는 게 좋은지 가장 잘 보여준 작품이다.

『열하광인』 김탁환 지음, 민음사, 2015

'백탑파 시리즈'의 세 번째 작품으로 정조의 문체반정을 주제로 하고 있다. 앞의 두 작품보다는 어둡고 묵직하다.

『목격자들』 김탁환 지음, 민음사, 2015

'백탑파 시리즈'의 네 번째 작품으로 조선 시대에 빈번하게 일어났던 조운선의 침몰을 둘러싼 음모를 다루고 있다. 홍대용이라는 실학자가 등장해서 두 주인공을 돕는다.

『정약용 살인사건』 김상현 지음, 랜덤하우스중앙, 2006

주로 판타지와 무협을 쓰던 김상현 작가의 팩션. 실학자이면서 명탐정이라는 이미지를 가지고 있는 정약용을 주인공으로 내세웠다. 유배지인 강진에서 벌어지는 사건을 파헤친다.

『이완용을 쏴라』 김상현 지음, 우원북스, 2010

일제강점기를 배경으로 하는 팩션. 대표적인 친일파인 이완용의 암살을 다루고 있다.

『경성 탐정 이상』 김재희 지음, 시공사, 2012

1930년대 경성을 배경으로 한 미스터리 팩션. 시인으로 유명한 이상과 시인이자 소설가인 구보 박태원이 콤비를 이뤄서 사건을 해결한다는 내용이다. 실존 인물을 주인공으로 등장시킨 작품이다.

『베니스의 개성상인』 오세영 지음, 예담, 2008

댄 브라운의 『다빈치 코드』보다 앞서 소개된 팩션으로 루벤스의 그림 〈한복 입은 남자〉를 모티프로 했다. 임진왜란 때 일본에 포로로 끌려갔다가 이탈리아로 간 안토니와 꼬레아, 그의 후손인 유명훈을 교차 등장시킨다. 살인이나 음모가 아닌 무역과 상업을 주제로 했다는 점이 독특하다.

『한제국 건국사』 윤민혁 지음, 시공사, 2002

팩션이 아닌 타임슬립을 주제로 한 대체 역사소설. 해외 파
병을 가던 군인과 기술자가 우연히 구한말 흥선대원군 집
권기로 이동하면서 활약하는 내용이다. 대체 역사소설이라
고는 하지만 전문가 뺨치는 고증을 자랑한다. 권수가 많고
오래전에 출간되어 구하기는 어렵지만 이 시대를 배경으로
한 팩션을 쓴다면 참고할 만하다.

『무궁화 꽃이 피었습니다』 김진명 지음, 새움, 2010

박정희 전 대통령의 핵무기 개발이 성공했다는 가정하에
펼쳐지는 팩션. 오래전 작품이고 작가의 정치적인 견해가
강하지만 음모론을 다룬 팩션 중에서는 여전히 손에 꼽을
만한 작품이다.

『퇴마록 : 국내편』 이우혁 지음, 엘릭시르, 2011

판타지이긴 하지만 참고할 만한 작품이다. 다양한 캐릭터들
을 통해 이야기를 풀어갔고, 갈등과 해결의 열쇠를 역사 속
에서 찾아냈다. 「세계편」과 「말세편」도 읽어볼 만하다.

『밤의 화사들』 윤혜숙 지음, 한우리문학, 2015

〈계회도〉를 둘러싼 미스터리를 풀어간 팩션. 특이하게도
청소년 문학으로 팩션을 풀어냈다. 조선 후기 화가들의 애

환을 그리고 있다. 청소년을 대상으로 한 팩션 가운데 독보적인 작품이다.

『총군』 제성욱 지음, 고즈넉, 2015

2009년에 중앙북스에서 『효종의 총』이라는 제목으로 출간되었다가 작가 사후인 2015년에 재출간되었다. 효종 시대 조선에 표류한 하멜 일행이 연쇄적으로 죽는 사건이 벌어지고, 여기에 일본과 청나라가 개입되어 있다는 내용이다.

『제국익문사』 강동수 지음, 실천문학사, 2010

고종황제가 세운 비밀첩보조직인 제국익문사가 실존했다는 설정의 팩션이다. 한말의 혼란기를 배경으로 하고 있으며, 조선과 일본을 오가는 스케일을 자랑한다.

『영원한 제국』 이인화 지음, 세계사, 2008

영화로도 만들어진 팩션으로 정조 암살을 둘러싼 하룻밤 동안의 미스터리를 풀고 있다. 음모론과 시간의 제한이라는 장치를 잘 조화시켰다.

국립중앙도서관 출판예정도서목록(CIP)

팩션 / 지은이: 정명섭. — 서울 : 북바이북, 2016
    p. ;   cm. — (웹소설 작가를 위한 장르 가이드 ; 5)

권말부록: 팩션을 이해하는 데 도움이 되는 자료 및 책

ISBN 979-11-85400-29-7 04800 : ₩9800
ISBN 979-11-85400-19-8 (세트) 04800

문학 장르[文學—]

802.3–KDC6
808.3–DDC23   CIP2016008338

웹소설 작가를 위한 장르 가이드 5

팩션

2016년 4월 8일 1판 1쇄 인쇄
2016년 4월 18일 1판 1쇄 발행

지은이   정명섭
펴낸이   한기호
펴낸곳   북바이북
          출판등록 2009년 5월 12일 제313-2009-100호
          주소 121-839 서울시 마포구 서교동 484-1 삼성빌딩A동 2층
          전화 02-336-5675 팩스 02-337-5347
          이메일   kpm@kpm21.co.kr
          홈페이지 www.kpm21.co.kr

ISBN 979-11-85400-29-7 04800
     979-11-85400-19-8 (세트)

북바이북은 한국출판마케팅연구소의 임프린트입니다.
책값은 뒤표지에 있습니다.